HELLO WORLD
ハロー・ワールド

登《とう》場《じょう》キャラクター

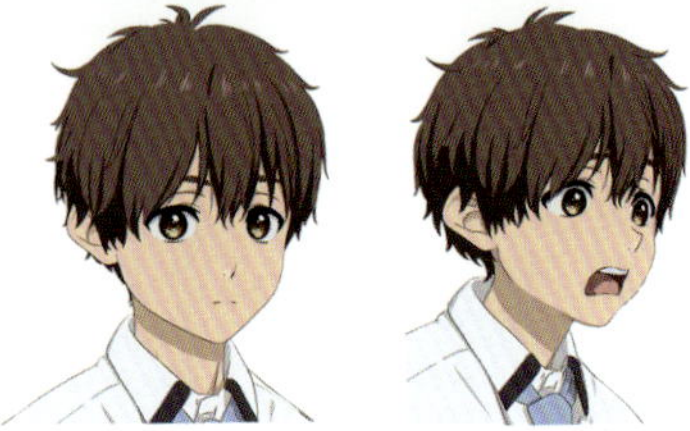

堅《かた》書《がき》直《なお》実《み》

錦高校《にしきこうこう》に通《かよ》う高校《こうこう》1年生《ねんせい》。引《ひ》っ込《こ》み思案《じあん》、優柔不断《ゆうじゅうふだん》な性格《せいかく》を変《か》えたいと望《のぞ》む本作《ほんさく》の主人公《しゅじんこう》。

錦《にしき》高《こう》校《こう》図《と》書《しょ》委《い》員《いん》

一《いち》行《ぎょう》瑠《る》璃《り》

直実《なおみ》と同《おな》じクラス・同《おな》じ図書委員《としょいいん》に在籍《ざいせき》している女子生徒《じょしせいと》。いつも一人《ひとり》でいることが多《おお》い。

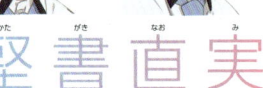

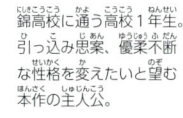

HELLO WORLD

ハロー・ワールド

カタガキナオミ

あまり見《み》かけない衣装《いしょう》で直実《なおみ》の前《まえ》に現《あらわ》れた青年《せいねん》。
目的《もくてき》・出身《しゅっしん》など全《すべ》てが謎《なぞ》に包《つつ》まれている。

勘解由小路《かでのこうじ》三鈴《みすず》

直実《なおみ》や瑠璃《るり》と同《おな》じ図書委員《としょいいん》。アイドルのような可愛《かわい》らしさで、男子生徒《だんしせいと》の人気《にんき》が高《たか》い。

千《せん》古《こ》恒《つね》久《ひさ》

京都市《きょうとし》が主導《しゅどう》する〝プロジェクト〟責任者《せきにんしゃ》で京斗大学教授《けいとだいがくきょうじゅ》。

徐《シュー》依《イー》依《イー》

千古教授《せんこきょうじゅ》の助手《じょしゅ》。〝プロジェクト〟チームの一員《いちいん》でもある。

京都府《きょうと ふ》歴史記録事業《れきしきろくじぎょう》センター 職員《しょくいん》

君《きみ》の未《み》来《らい》を
守《まも》るため

手《て》を組《く》んだのは

未《み》来《らい》の僕《ぼく》で——

HELLO WORLD

映画ノベライズ みらい文庫版

映画「HELLO WORLD」・原作
松田朱夏・著

集英社みらい文庫

もくじ

01／赤《あか》いオーロラ

頭上《ずじょう》をかすめるように、なにかが飛《と》び去《さ》った気《き》がした。

本《ほん》を読《よ》みながら歩《ある》いていた少年《しょうねん》は、顔《かお》をあげてあたりを見回《みまわ》す。

なにもいない。気《き》のせいだろうか。それとも、もう屋根《やね》の向《む》こうへ消《き》えたのか。

まあ、どうせ鳥《とり》だろう。少年《しょうねん》は、また本《ほん》に目《め》を落《お》とし、歩《ある》きはじめる。

彼《かれ》の名《な》は、堅書直実《かたがきなおみ》。

そでぐちに2本線《ほんせん》のある学生服《がくせいふく》は、この先《さき》にある京都市立錦高校《きょうとしりつにしきこうこう》の制服《せいふく》だ。

直実《なおみ》はこの春《はる》――2027年《ねん》4月《がつ》に入学《にゅうがく》したばかりの1年生《ねんせい》である。

本《ほん》に夢中《むちゅう》になっている彼《かれ》を、後《うし》ろから歩《ある》いてきていた数人《すうにん》の生徒《せいと》たちが、急《きゅう》に追《お》いぬいていった。驚《おどろ》いて顔《かお》をあげると、いつのまにか目《め》の前《まえ》に学校前《がっこうまえ》の横断歩道《おうだんほどう》がせまり、歩行者用《ほこうしゃよう》の青信号《あおしんごう》が点滅《てんめつ》を始《はじ》めている。

いまから走《はし》ればまだ間《ま》に合《あ》う。でも、どうしよう。

「ああ——」

そうこうしているうちに、信号《しんごう》は赤《あか》になってしまった。

ぎりぎりでわたりきった男子《だんし》たちは、笑《わら》いながら校門《こうもん》に消《き》えていく。

車《くるま》の流《なが》れのこちら側《がわ》に取《と》り残《のこ》され、直実《なおみ》はため息《いき》をついた。

気《き》づいた瞬間《しゅんかん》に走《はし》り出《だ》せば間《ま》に合《あ》ったのに。

空《そら》を見上《みあ》げると、気象計測《きしょうけいそく》用《よう》のドローンが隊列《たいれつ》を成《な》して飛《と》んでいた。広《ひろ》い通《とお》りのこっちにもあっちにも、外国人観光客《がいこくじんかんこうきゃく》の集団《しゅうだん》が見《み》える。

1200年《ねん》の歴史《れきし》を持《も》つ、国際観光都市《こくさいかんこうとし》・京都《きょうと》。それが、直実《なおみ》の暮《く》らす街《まち》だ。

やっと変《か》わった信号《しんごう》を、直実《なおみ》はこんどこそ早足《はやあし》でわたりはじめる。

彼《かれ》が校門《こうもん》に走《はし》りこんだとき、朝《あさ》の予鈴《よれい》が鳴《な》りひびいた。

新《あたら》しい学校《がっこう》。新《あたら》しいクラス。新《あたら》しい顔《かお》ぶれ。

入学式《にゅうがくしき》から、もう1週間《しゅうかん》ほどがすぎていた。

けれども、いまだに、直実《なおみ》は、クラスのだれともまともに話《はなし》をしたことがない。

別《べつ》に、避《さ》けられているとか、いじめられているとか、そういうわけではなかった。

この錦高校《にしきこうこう》は、京都市内《きょうとしない》でも一、二を争《あらそ》う進学校《しんがくこう》で、生徒《せいと》たちは基本的《きほんてき》にみんなまじめだ。意味《いみ》もなく人《ひと》をからかったり、仲間《なかま》はずれにしたりして楽《たの》しむようなタイプはまずいない。

彼《かれ》らはただ、いつもひとりで本《ほん》を読《よ》んでいる直実《なおみ》を、「本《ほん》が好《す》きでおとなしいやつ」「人《ひと》づきあいがあまり好《す》きでないやつ」と思《おも》い、そっとそのままにしてくれているだけだ。


「カラオケ？」

「じゃあ、河原町《かわらまち》かなぁ」

放課後《ほうかご》、教室《きょうしつ》の後《うし》ろにクラスメートたちが集《あつ》まって、わいわいと話《はなし》をしている。

出身中学《しゅっしんちゅうがく》の話《はなし》。登校《とうこう》ルートの話《はなし》。

たわいもないおしゃべりの中《なか》で、彼《かれ》らは自然《しぜん》に自分《じぶん》のことを話《はな》し、関係《かんけい》を作《つく》っていく。

直実《なおみ》には、どうしてもうまくできないことだ。


「ねえ、きみもいっしょに行《い》く？」

急《きゅう》に女子生徒《じょしせいと》に声《こえ》をかけられ、直実《なおみ》は読《よ》んでいた本《ほん》を取《と》り落《お》としそうになる。

「これからクラスの親睦会《しんぼくかい》しようって話《はなし》になってるんだ。河原町《かわらまち》でカラオケ」

「あ……え……と」

おどおどしながら視線《しせん》をそらす。

行《い》きたくないわけではない。さそってもらってうれしい。

だけど、こんなとき——なぜか直実《なおみ》は、行《い》く、と即答《そくとう》できないのだ。

歌《うた》は下手《へた》だし、最近《さいきん》の流行《りゅうこう》も知《し》らないし、それに、どうやってみんなともりあがったらいいのかもわからないし……でも……。

それを、断《ことわ》りかねている、と思《おも》ったのだろう。彼女《かのじょ》は、すまなそうに首《くび》をかしげた。

「あ、用事《ようじ》があるなら無理《むり》にはいいよ。ごめんね」

「や……うん……」

もごもごと口《くち》ごもっているあいだに、クラスメートたちは教室《きょうしつ》を出《で》て行《い》ってしまう。

あとにひとり残《のこ》され、直実《なおみ》は深《ふか》くため息《いき》をついた。

このままじゃダメだってことは、直実《なおみ》にもよくわかっている。

新《あたら》しい環境《かんきょう》に進学《しんがく》したいまこそ、自分《じぶん》を変《か》えるチャンスではないか。

だから、帰《かえ》りに本屋《ほんや》で1冊《さつ》のマニュアル本《ぼん》を買《か》った。

『決断力《けつだんりょく》 ～明日《あす》から使《つか》える！ 実践《じっせん》トレーニング！』という本《ほん》である。

【ずっとなやまない！ 意識的《いしきてき》に早《はや》く決断《けつだん》しよう！】

【人《ひと》の評価《ひょうか》を気《き》にしない！　思《おも》ったことは口《くち》に出《だ》そう！】

本《ほん》にはそんなフレーズがならんでいた。

——だけど。それができたら苦労《くろう》はしない。

口《くち》の中《なか》で、そんな言葉《ことば》を呪文《じゅもん》のように唱《とな》えたところで、直実《なおみ》はつぎの日《ひ》も結局《けっきょく》、なにひとつ実践《じっせん》できはしなかった。

昼休《ひるやす》みひとつとってみてもそうだ。

混《こ》み合《あ》う購買部《こうばいぶ》では、迷《まよ》っているあいだに、人気《にんき》の焼《や》き肉《にく》パンもフィッシュサンドも売《う》り切《き》れてしまい、結局残《けっきょくのこ》っていたねじりパンを売《う》り子《こ》のおばちゃんに押《お》しつけられ。

直実《なおみ》の席《せき》を占領《せんりょう》してランチタイムのおしゃべりに夢中《むちゅう》になっている女子《じょし》に、「どいてください」と言《い》うこともできず……。

HELLO WORLD

そして放課後《ほうかご》。

直実《なおみ》は図書室《としょしつ》にいた。

本《ほん》を借《か》りに来《き》たのではない。5時間目《じかんめ》のホームルームで、図書委員《としょいいん》に推薦《すいせん》されてしまったのだ。

本《ほん》が好《す》きなやついないか、という担任《たんにん》の問《と》いかけに、クラスの全員《ぜんいん》が直実《なおみ》をふりかえった。

まあ、当《あ》たり前《まえ》だろう。この1週間《しゅうかん》、教室《きょうしつ》で直実《なおみ》がしていたことといえば、本《ほん》を読《よ》むことだけなのだから。

図書委員《としょいいん》。別《べつ》にやりたくないわけではない。けれども。

【他人《たにん》に決《き》めてもらわない！　自分《じぶん》のことは自分《じぶん》で決《き》めよう！】

また、例《れい》のマニュアル本《ぼん》の一節《いっせつ》が浮《う》かぶ。

やるならちゃんと立候補《りっこうほ》して、自分《じぶん》で選《えら》んでなりたかった。だけど結局《けっきょく》、直実《なおみ》は、人《ひと》に決《き》めてもらう形《かたち》で図書委員《としょいいん》になった。

ため息《いき》をついて、周《まわ》りを見回《みまわ》す。

各《かく》クラスから男女《だんじょ》1名《めい》ずつ集《あつ》められた図書委員《としょいいん》は、なんとなく男子《だんし》と女子《じょし》にわかれて楽《たの》しそうに笑《わら》いあっている。

「あの子《こ》、かわいいな〜、アイドルみてぇ」

男子《だんし》のヒソヒソ話《ばなし》が耳《みみ》に入《はい》り、そちらを見《み》ると、たしかに、女子《じょし》の中《なか》にひとり、ものすごく目《め》立《だ》つ子《こ》がいた。どうやら直実《なおみ》と同《おな》じ1年生《ねんせい》のようだ。

明《あか》るい色《いろ》のふわふわした髪《かみ》。鈴《すず》を転《ころ》がすような声《こえ》。

あんな子《こ》と仲《なか》よくなれたら……と妄想《もうそう》しているうちに、委員会《いいんかい》は始《はじ》まってしまった。

3年生《ねんせい》の委員長《いいんちょう》の司会《しかい》で、貸《か》し出《だ》し業務《ぎょうむ》や書架《しょか》（本《ほん》だな）の整理《せいり》など、図書委員《としょいいん》の主《おも》な仕事《しごと》の説明《せつめい》がされ、今後《こんご》のスケジュールが決《き》められていった。

直実《なおみ》はなんの発言《はつげん》もせずに、静《しず》かにメモを取《と》っているだけだ。

「――以上《いじょう》で、初回《しょかい》の図書委員会《としょいいんかい》は終了《しゅうりょう》です」

ぼんやりしているうちに全部《ぜんぶ》が終《お》わる。自分《じぶん》と関係《かんけい》のない場所《ばしょ》で。

「あ、そうそう、最後《さいご》に、一度前《いちどまえ》のほうに集《あつ》まってください」

席《せき》を立《た》とうとしたとき、委員長《いいんちょう》が片手《かたて》をあげた。

「連絡網用《れんらくもうよう》に〈Wiz《ウィズ》〉でグループ作《つく》ります」

みんな、ポケットからスマホを取《と》り出《だ》す。〈Wiz《ウィズ》〉は人気《にんき》のチャットアプリだ。スマホを持《も》っている人《ひと》はたいていいれている。最近《さいきん》はもう、これなしで人《ひと》と連絡《れんらく》を取《と》るのはむずかしい。

近《ちか》くにいる者同士《ものどうし》でアカウントの登録《とうろく》が始《はじ》まった。おどおどしている直実《なおみ》にも、そばにいた2年生《ねんせい》が声《こえ》をかけてくれ、なんとかグループにいれてもらうことができた。

（1年《ねん》C組《ぐみ》、勘解由小路三鈴《かでのこうじみすず》さん、か……）

【錦高校図書委員《にしきこうこうとしょいいん》】というグループの中《なか》に表示《ひょうじ》された、あのかわいい女《おんな》の子《こ》の名前《なまえ》をちょっとニヤニヤしながら見《み》つめ——それから、ほかのメンバーの名前《なまえ》をたしかめて。

直実《なおみ》は、あれっ、と思《おも》った。

あわててもう一度《いちど》、スマホの画面《がめん》をフリックし、メンバーの名前《なまえ》を確認《かくにん》する。

（やっぱり……いない、のでは？）

「グループ入《はい》らなかった人《ひと》も、だれかとつながって連絡《れんらく》つくようにしといてください」

委員長《いいんちょう》の言葉《ことば》で人《ひと》の輪《わ》はほどけ、ざわざわと図書室《としょしつ》を出《で》ていく。

直実《なおみ》は、そのうちのひとり——長《なが》い黒髪《くろかみ》の女子《じょし》を、なんとか呼《よ》び止《と》めた。

「あ、あの……い、いちぎょう、さん」

彼女《かのじょ》——直実《なおみ》と同《おな》じクラスの図書委員《としょいいん》、一行瑠璃《いちぎょうるり》は、無言《むごん》でふりかえる。

美人《びじん》、と言《い》えた。けれどまったく愛想《あいそ》がない。にこりともしない。むしろ、おこっているようなきびしい目《め》つき。

「あ、あの……さっきのグループ入《はい》ってないよね？　アドレス交換《こうかん》……は、しないですかね……」

同《おな》じクラスの委員《いいん》なのだから、連絡《れんらく》がつけられないとまずい。直実《なおみ》がしどろもどろに話《はな》しかけると、瑠璃《るり》はだまったままスマホを取《と》り出《だ》した。

「…………？」

だが、明《あき》らかにさわる手《て》つきがおかしい。使《つか》いかたがぎこちないというか、持《も》っているだけで
ふだんはまったく使《つか》っていないようだ。

「あの……〈Wiz《ウィズ》〉って入《はい》ってます？」

そもそもアプリがなければ話《はなし》にならない。瑠璃《るり》は、しばらくへんてこな手《て》つきでスマホをい
じっていたが、よくわからないのか顔《かお》をしかめた。

「ええと……じゃあ、電話番号《でんわばんごう》だけでも。あの、自分《じぶん》の番号覚《ばんごうおぼ》えてなければ、『設定《せってい》』の『プロ
フィール』ってとこ開《ひら》けば……」

しかし、瑠璃《るり》はそれもわからないらしかった。思《おも》いどおりにならなくてイライラしたのか、つ
いに瑠璃《るり》は怖《こわ》い顔《かお》でスマホをカバンに放《ほう》りこみ、代《か》わりに手帳《てちょう》を取《と》り出《だ》した。

白紙《はくし》のページにさらさらとなにか書《か》きつけて引《ひ》きちぎると、直実《なおみ》にさしだす。

「なにかあればこちらへ」

そう言《い》うなり、もう背《せ》を向《む》けて歩《ある》き去《さ》ってしまった。

手《て》に残《のこ》されたメモを見《み》て、直実《なおみ》はぼうぜんとする。

スマホどころか、自宅《じたく》の電話番号《でんわばんごう》ですらない。

そこに書《か》かれていたのは、彼女《かのじょ》の家《いえ》の住所《じゅうしょ》だった。

HELLO WORLD

京都駅《きょうとえき》から少《すこ》しはなれた場所《ばしょ》にある、市立南図書館《しりつみなみとしょかん》。

学校《がっこう》から直行《ちょっこう》してきた直実《なおみ》は、静《しず》かな館内《かんない》のテーブルに長編小説《ちょうへんしょうせつ》のシリーズを積《つ》みあげ、もくもくと読《よ》みふけっていた。

だれにもじゃまされない、直実《なおみ》の一番楽《いちばんたの》しい時間《じかん》だ。

1冊《さつ》読《よ》み終《お》わったらすぐに、読書《どくしょ》ノートを取《と》り出《だ》す。『読書帳《どくしょちょう》　２０２７』と表紙《ひょうし》に書《か》かれたそのノートに、感想《かんそう》を書《か》きつける。

今年《ことし》61冊目《さつめ》のその本《ほん》の感想《かんそう》を書《か》き終《お》わり、直実《なおみ》は満足《まんぞく》そうに少《すこ》し笑《わら》った。

年間《ねんかん》２００冊《さつ》の目標《もくひょう》は、このペースならきっと達成《たっせい》できるだろう。

さて、つぎの巻《かん》を、と、目《め》の前《まえ》の本《ほん》の山《やま》に手《て》をのばそうとしたとき、とつぜん、館内《かんない》に音楽《おんがく》が流《なが》れる。

「本日《ほんじつ》は書架整理《しょかせいり》のため、4時《じ》に閉館《へいかん》となります。貸《か》し出《だ》しをご希望《きぼう》のお客《きゃく》さまは……」

アナウンスに、直実《なおみ》は顔《かお》をしかめた。だが、しかたがない。

数冊《すうさつ》の本《ほん》をかかえ、直実《なおみ》は貸《か》し出《だ》しカウンターへと向《む》かった。


借《か》りた本《ほん》をトートバッグにいれ、胸《むね》にかかえて図書館《としょかん》を出《で》た直実《なおみ》は、歩《ある》きはじめてすぐに、周《まわ》りの人々《ひとびと》が変《へん》にざわついているのに気《き》づいた。

「ねぇ、なにあれ……」

みんな、空《そら》を見上《みあ》げてスマホでなにか撮影《さつえい》したりしている。

「な……なんだ……」

つられて見上《みあ》げた直実《なおみ》も、目《め》を見張《みは》った。

赤《あか》いオーロラが、ゆらゆらとゆらぎながら空《そら》をおおいつくしている。

北極圏《ほっきょくけん》で見《み》られるというオーロラは緑色《みどりいろ》だし、そもそも夜《よる》にしか見《み》えないだろう。こんな明《あか》るい時間《じかん》の京都《きょうと》で、しかも赤《あか》い光《ひかり》なんて、聞《き》いたことがない。

「……？」

オーロラの中《なか》に一点《いってん》だけ、穴《あな》があいているように見《み》えた。直実《なおみ》はそこに目《め》をこらす。

その穴《あな》をぬけて、なにかがこちらに向《む》かって飛《と》んでくる。

「……鳥《とり》？」

黒《くろ》い鳥《とり》。カラスだ。

「えっ……」

しかし、近《ちか》づいてくると、それがふつうのカラスでないのがわかった。ひどく太《ふと》っていてずんぐりしている。かなり不恰好《ぶかっこう》で、飛《と》んでいるのがふしぎなぐらいだ。

太《ふと》ったカラスは、そのまま直実《なおみ》の目《め》の前《まえ》の歩道《ほどう》に降《お》り立《た》った。そして、どことなくユーモラスな顔《かお》をあげ、直実《なおみ》をハッキリと見《み》た。くちばしの先《さき》だけが赤《あか》い。

「えっ……」

そのとき、直実《なおみ》は気《き》づいた。カラスの足《あし》が――3本《ぼん》あることに。

「カアッ！」

いきなりするどい鳴《な》き声《ごえ》をあげたカラスに、直実《なおみ》は驚《おどろ》いて、かかえていたバッグを取《と》り落《お》とした。中《なか》から本《ほん》が飛《と》びだす。

すると、カラスはぴょんぴょんと近《ちか》づいてきたかと思《おも》うと、おもむろにその1冊《さつ》をくわえて飛《と》び立《た》った。

「ちょ！　それ借《か》りたやつ！」

直実《なおみ》はあわてて、カラスのあとを追《お》って走《はし》り出《だ》した。

3本足《ぼんあし》の太《ふと》ったカラスは、まるで直実《なおみ》をからかうように、あるいは誘導《ゆうどう》するように、低《ひく》い空《そら》をゆっくりと飛《と》んでいく。

図書館前《としょかんまえ》の府道《ふどう》115号線《ごうせん》をまっすぐ南下《なんか》し、十条通《じゅうじょうどおり》で左折《させつ》して、鴨川《かもがわ》をわたり——……。

20分《ぷん》以上《いじょう》も走《はし》りつづけて、直実《なおみ》が連《つ》れてこられたのは……。

「お稲荷《いなり》さん……」

観光客《かんこうきゃく》でごったがえす、伏見稲荷《ふしみいなり》だ。

カラスは、そのままおくへと飛《と》んでいく。直実《なおみ》もしかたなく、境内《けいだい》へとかけこんだ。

本殿《ほんでん》の前《まえ》をかけぬけ、千本鳥居《せんぼんとりい》の参道《さんどう》へと入《はい》る。

延々《えんえん》と赤《あか》い柱《はしら》が立《た》ちならぶ階段《かいだん》。観光客《かんこうきゃく》たちがスマホやカメラをかまえて写真《しゃしん》を撮《と》っている。

直実《なおみ》は彼《かれ》らをぬうようにして、よろよろと階段《かいだん》を上《のぼ》りつづけた。

上《のぼ》っていくにつれ、だんだんと人《ひと》は少《すく》なくなったが、もう直実《なおみ》の足《あし》も限界《げんかい》だった。はあはあと息《いき》を切《き》らし、あせばむ額《ひたい》をそでぬぐい——ふと見《み》ると。

少《すこ》し先《さき》の鳥居《とりい》の上《うえ》に、あのカラスが止《と》まっていた。

まるで、直実《なおみ》を待《ま》っていたかのように、目《め》が合《あ》ったとたんに、くちばしから本《ほん》を落《お》とし、カラスは飛《と》び去《さ》ってしまった。

「なんなんだよ……」

うんざりしながらしゃがみこみ、本《ほん》を拾《ひろ》いあげた、そのとき。

ぐらっ、と、世界《せかい》がゆがんだ。

「えっ……」

めまいがした。目《め》の前《まえ》が暗《くら》くなる。

思《おも》わず地面《じめん》に手《て》をついた直実《なおみ》の頭《あたま》の中《なか》に、ちかちかと奇妙《きみょう》なイメージが明滅《めいめつ》した。まるで細切《こまぎ》れの映画《えいが》のフィルムのように。

びっしりと文字《もじ》が書《か》きこまれたノート。半《なか》ば床《ゆか》にうめこまれた白《しろ》い巨大《きょだい》な球体《きゅうたい》。ベッドに横《よこ》たわるだれか。そして、鳥居《とりい》、鳥居《とりい》、鳥居《とりい》……。

「うああっ」

それらをふりはらうように顔《かお》をあげたとき。

——目《め》の前《まえ》に、とつぜん、ひとりの男《おとこ》が転《ころ》がり出《で》てきた。

「な……なに……？」

どこから来《き》たのだろう。まったくわからない。まるで目《め》の前《まえ》の空間《くうかん》から飛《と》び出《だ》してきたような。白《しろ》い、変《か》わった形《かたち》のコートを着《き》ていた。左右《さゆう》の形《かたち》が非対称《ひたいしょう》でオシャレなようにも見《み》えるが、ズボンもごついブーツも真《ま》っ白《しろ》で、全体《ぜんたい》としては消防士《しょうぼうし》の防護服《ぼうごふく》のようだ。フードを深《ふか》くかぶっているので鼻《はな》から上《うえ》はよく見《み》えない。

「入《はい》……れた……のか？」

その奇妙《きみょう》な男《おとこ》は、しきりに両手《りょうて》をにぎったり開《ひら》いたり、自分《じぶん》の左足《ひだりあし》をさすったりしながら、興《こう》奮気味《ふんぎみ》にさけんだ。

「やった……やった！　成功《せいこう》してる！　いいぞ！　いいぞ！」

いつのまにかさっきのカラスが男《おとこ》の足《あし》もとによりそい、なにかを伝《つた》えるように地面《じめん》をくちばしでつついている。この男《おとこ》と関係《かんけい》があるのだろうか。

「だが……伏見稲荷《ふしみいなり》？」

男《おとこ》は、自分《じぶん》の指《ゆび》で輪《わ》を作《つく》り、その中《なか》をのぞきこむと首《くび》をかしげた。

「……ずれてるな。これが精度《せいど》の限界《げんかい》か。待《ま》てよ、場所《ばしょ》がずれたってことは……」

ひとりでぶつぶつとつぶやいている気味《きみ》の悪《わる》い男《おとこ》から、直実《なおみ》はあとじさる。

いまにもにげ出《だ》そうとした瞬間《しゅんかん》、いきなり男《おとこ》が声《こえ》をかけてきた。

「おい！　今日《きょう》、何日《なんにち》だ！」

ひいっ、と飛《と》び上《あ》がった直実《なおみ》から、男《おとこ》はすぐに目《め》をそらす。

「ああ、見《み》えてないのか」

そう言《い》ってから、男《おとこ》は、ハッとしたように、また顔《かお》をこちらに向《む》けた。

おびえて腕《うで》で顔《かお》を隠《かく》していた直実《なおみ》は、ふるえる声《こえ》で答《こた》えを返《かえ》す。

「じゅ……じゅうろく……」

その声《こえ》を聞《き》いたとたん、男《おとこ》の口《くち》もとがほころんだ。フードで目《め》もとが隠《かく》れていても、彼《かれ》が満面《まんめん》に笑《え》みを浮《う》かべていることがわかるほどだった。

「堅書直実《かたがきなおみ》！」

いきなり名前《なまえ》を呼《よ》ばれ、直実《なおみ》はまた飛《と》び上《あ》がりそうになった。男《おとこ》はうれしそうにかけよってくる。直実《なおみ》は反射的《はんしゃてき》ににげ出《だ》した。

「待《ま》て！　なんでにげる！」

「ついてこないでくださいよ！」

悲鳴《ひめい》のようにさけび、直実《なおみ》は必死《ひっし》で千本鳥居《せんぼんとりい》をかけ下《お》りた。

観光客《かんこうきゃく》をかきわけ、道路《どうろ》へ飛《と》びだす。

こういう展開《てんかい》は、ファンタジー小説《しょうせつ》などで何回《なんかい》も読《よ》んだ。子《こ》どものころはちょっとあこがれもした。けれど、いざ自分《じぶん》の目《め》の前《まえ》で起《お》きると、ただおそろしいだけだった。

ふりかえると、男《おとこ》はまだ追《お》ってきていた。あっちのほうが背《せ》が高《たか》くて脚《あし》も長《なが》い。体力《たいりょく》もありそうだ。このままではすぐに追《お》いつかれてしまうだろう。

直実《なおみ》はそのまま必死《ひっし》に走《はし》り、京阪本線《けいはんほんせん》の伏見稲荷駅《ふしみいなりえき》に飛《と》びこんだ。IC《アイシー》カードで改札《かいさつ》をぬけると、ちょうど来《き》ていた電車《でんしゃ》に飛《と》び乗《の》る。

すぐにドアが閉《し》まった。窓《まど》をふりかえると、ホームに白《しろ》いフードの男《おとこ》が立《た》っているのが見《み》えたが、すぐに遠《とお》ざかっていった。

京阪三条《けいはんさんじょう》で地下鉄《ちかてつ》に乗《の》り換《か》え、自宅《じたく》に近《ちか》い二条駅《にじょうえき》までもどってきた直実《なおみ》は、ため息《いき》をつきながら地上《ちじょう》への階段《かいだん》を上《のぼ》った。

「……なんだったんだ、あの人《ひと》……」

考《かんが》えてもわからない。むしろ夢《ゆめ》であってほしい。

ぐったりつかれて、重《おも》く感《かん》じるリュックをゆすりあげ、歩《ある》き出《だ》したところで――いきなり、すぐ横《よこ》から男《おとこ》の声《こえ》がした。

「なるほど。便利《べんり》なもんだ」

ぎょっとして見《み》ると、そこに、さっきの男《おとこ》が立《た》っていた。

「な……んで……」

驚《おどろ》きのあまり言葉《ことば》を失《うしな》っている直実《なおみ》に歩《あゆ》みよりながら、男《おとこ》は自分《じぶん》の右手《みぎて》を顔《かお》の前《まえ》にかかげた。

親指《おやゆび》と人《ひと》さし指《ゆび》で輪《わ》を作《つく》ると、その中《なか》が光《ひか》り出《だ》し、なにか文字《もじ》のようなものが浮《う》かび上《あ》がる。

「3か月前《げつまえ》か。ちょうどいい」

そうつぶやくと、直実《なおみ》を見《み》て、ニッと笑《わら》った。

「警察呼《けいさつよ》びますよ！　ついてこないでくださ……」

そうさけんだ直実《なおみ》に、ちょうど歩道《ほどう》を歩《ある》いてきていた小学生《しょうがくせい》が、ビクッとして立《た》ち止《ど》まる。だが、つぎの瞬間《しゅんかん》、声《こえ》を失《うしな》ったのは直実《なおみ》のほうだ。

直実《なおみ》からにげるように走《はし》り出《だ》した少年《しょうねん》は、目《め》の前《まえ》の男《おとこ》にぶつか――らなかった。

男《おとこ》の体《からだ》をすりぬけたのだ！　そこに人《ひと》などいないように、そのまま走《はし》り去《さ》っていく。

「えっ……」

直実《なおみ》はうろたえてあたりを見回《みまわ》す。

周囲《しゅうい》の通行人《つうこうにん》たちの視線《しせん》が、自分《じぶん》だけに集《あつ》まっているのがわかった。

だれも、このフードの男《おとこ》を見《み》ていない。こんなに怪《あや》しい恰好《かっこう》なのに。

そうだ。そういえばあのとき、伏見稲荷《ふしみいなり》で。

『見《み》えてないのか』

この男《おとこ》はそうつぶやいた。

つまり——この男《おとこ》の姿《すがた》が見《み》え、声《こえ》が聞《き》こえているのは、自分《じぶん》だけ……？

「……あなた……いったい……？」

うわずった声《こえ》でたずねる直実《なおみ》に、フードの男《おとこ》はまた一歩《いっぽ》近《ちか》づいて笑《わら》った。

「教《おし》えてやるさ。イヤでもな」

そのとき——直実《なおみ》は気《き》づいた。

男《おとこ》の、深《ふか》くかぶったフードの中《なか》には——顔《かお》がない。

「俺《おれ》が何者《なにもの》なのか。そして、堅書直実《かたがきなおみ》——おまえが何者《なにもの》なのか」

——正確《せいかく》に言《い》えば、鼻《はな》の半《なか》ばより上《うえ》が、まるでエラーを起《お》こしたディスプレイのように、ちらちらと光《ひか》っていた。

HELLO WORLD

ハロー・ワールド

2027年《ねん》京都市《きょうとし》マップ

僕《ぼく》や一行《いちぎょう》さんが住《す》む京都市《きょうとし》。読《よ》みながらここを確認《かくにん》すると分《わ》かりやすいと思《おも》います。

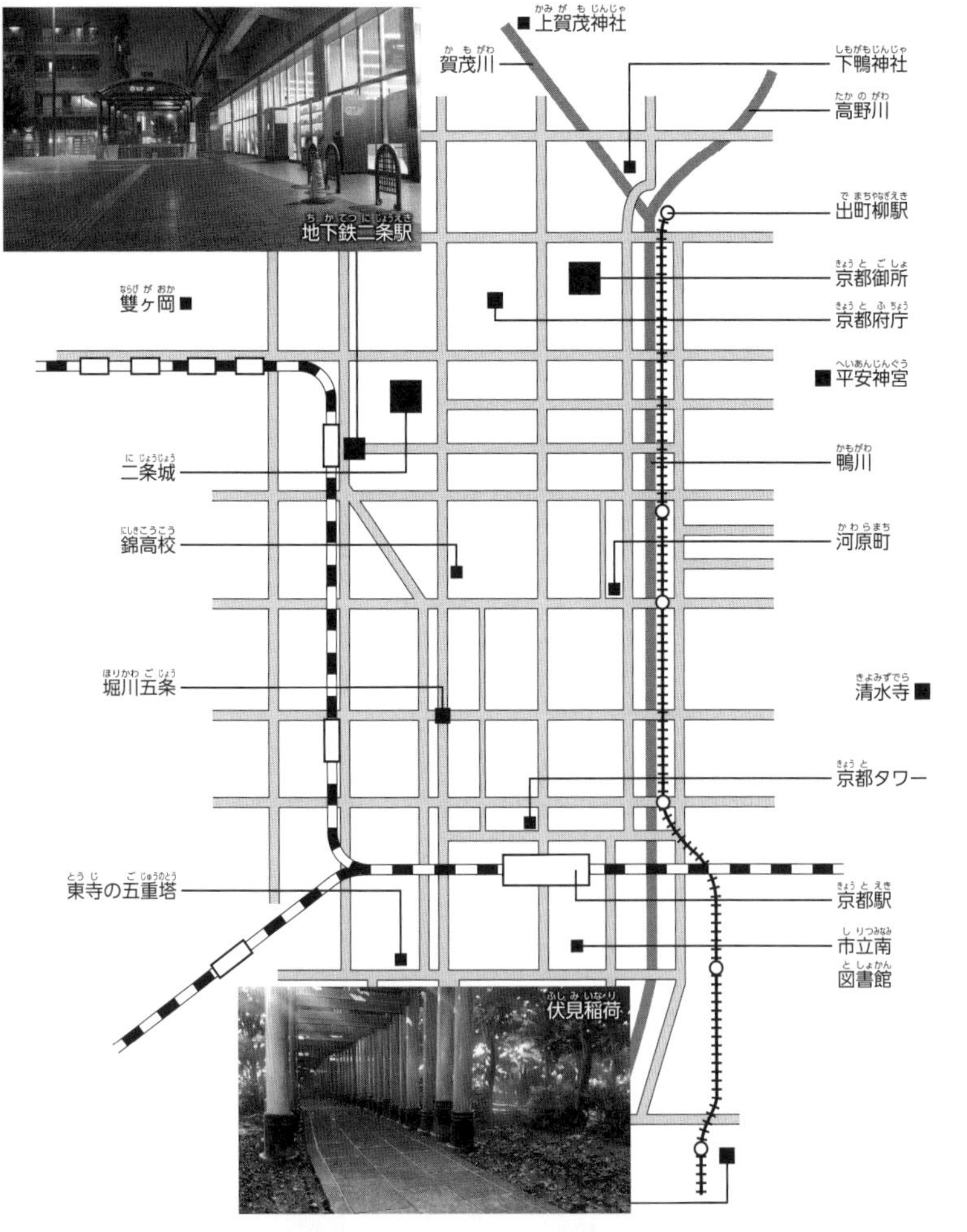

02／直実《なお》《み》とナオミ

「ちゃんと来《き》たな」

京都府庁舎《きょうとふちょうしゃ》の正面玄関前《しょうめんげんかんまえ》で、あのフードの男《おとこ》が待《ま》っていた。

「来《こ》ざるをえませんし……」

直実《なおみ》は不服《ふふく》そうに、ちらりと空《そら》を見上《みあ》げる。あのカラスが、監視《かんし》するようにぐるぐると飛《と》び回《まわ》っていた。今朝《けさ》はあいつに窓《まど》をたたいて起《お》こされ、ここまで誘導《ゆうどう》されてきたのだ。

「ぐだぐだ言《い》うな。どうせヒマだろう」

友《とも》だちもいないくせに、と言《い》わんばかりの口調《くちょう》に、直実《なおみ》はムッとする。

「決めつけないでくださいよ！　土曜日《どようび》だっていそがしいんですから！」

男《おとこ》は鼻《はな》で笑《わら》った。

「〝年間《ねんかん》２００冊《さつ》〟か」

「……えっ」

直実《なおみ》の立《た》てた読書目標《どくしょもくひょう》——だけど……。

「なんで……だれにも言《い》ってない……」

ぼうぜんとする彼《かれ》を置《お》いて、男《おとこ》は建物《たてもの》の中《なか》に入《はい》っていく。直実《なおみ》はあわてて追《お》いかけた。

男《おとこ》が直実《なおみ》を連《つ》れてきたのは、府庁舎《ふちょうしゃ》の敷地内《しきちない》にある施設《しせつ》〈京都府歴史記録事業《きょうとふれきしきろくじぎょう》センター〉だった。

京都府庁舎《きょうとふちょうしゃ》は、明治時代《めいじじだい》の終《お》わりに建《た》てられた古《ふる》めかしい洋館《ようかん》である。だが、その地下《ちか》にある〈センター棟《とう》〉は、２０２７年《ねん》の京都《きょうと》にふさわしい、和《わ》のデザインを取《と》りいれた近代的《きんだいてき》な空間《くうかん》になっている。

男《おとこ》は、直実《なおみ》に、一般公開《いっぱんこうかい》されている見学《けんがく》コースを歩《ある》くように命《めい》じた。

ほかの見学者《けんがくしゃ》たちといっしょに、７～８人《にん》のグループになり、案内《あんない》の女性《じょせい》の説明《せつめい》を受《う》けながら館内《かんない》に入《はい》る。

「いまから7年前《ねんまえ》の２０２０年《ねん》、pluura《プルーラ》社《しゃ》・京斗大学《けいとだいがく》・京都市《きょうとし》の三者《さんしゃ》による共同事業計画《きょうどうじぎょうけいかく》が始《し》動《どう》いたしました。〈クロニクル京都《きょうと》〉です」

クロニクル、とは、年代記《ねんだいき》、という意味《いみ》だ。文字《もじ》どおり、歴史上《れきしじょう》の出来事《できごと》を年代順《ねんだいじゅん》に記録《きろく》したもののことである。

見学《けんがく》コースには、さまざまな映像機器《えいぞうきき》が置《お》かれていた。3D映像《えいぞう》やVR装置《そうち》を使《つか》いながら、案内係《あんないがかり》はよどみなく解説《かいせつ》をしていく。

「世界最大《せかいさいだい》のweb《ウエブ》サービス企業《きぎょう》・pluura《プルーラ》社《しゃ》の仕事《しごと》は、すでにみなさまご存《ぞん》じのとおりで、マップなどのサービスは、もはや我々《われわれ》の生活《せいかつ》から切《き》りはなすことはできません」

壁面《へきめん》のスクリーンに、スマホやPCで見《み》なれた「pluura《プルーラ》マップ」が表示《ひょうじ》された。世界中《せかいじゅう》のどこにいても現在地《げんざいち》が表示《ひょうじ》され、目的地《もくてきち》を指定《してい》すればその場所《ばしょ》への道《みち》のりや所要時間《しょようじかん》が一瞬《いっしゅん》でわかる。また、マップを切《き》り替《か》えれば、いまそこに立《た》っているかのような3D映像《えいぞう》を見《み》ることもできる。自分《じぶん》のアカウントと連動《れんどう》すれば、いつどこへ行《い》ったか、どんなルートを使《つか》ったか、すべてが記録《きろく》されていく。

pluura《プルーラ》社《しゃ》のweb《ウエブ》サービスは、そのほかにも、メールやカレンダーなど、生活《せいかつ》のすべてに関係《かんけい》している。世界中《せかいじゅう》の人々《ひとびと》の日々《ひび》の記録《きろく》が、pluura《プルーラ》に集《あつ》まっていると言《い》ってもいい。

さらに進《すす》むと、京都市《きょうとし》のジオラマが置《お》かれている場所《ばしょ》に出《で》た。それは現実《げんじつ》の模型《もけい》ではなく、3D映像《えいぞう》だ。

「その二次元《にじげん》の地図記録《ちずきろく》を、より三次元的《さんじげんてき》に、より詳細《しょうさい》に、さらに時間的過去《じかんてきかこ》までさかのぼって、あらゆる時代《じだい》の、あらゆる都市情報《としじょうほう》を記録《きろく》に残《のこ》す——」

案内係《あんないがかり》の説明《せつめい》にしたがって、映像《えいぞう》の京都《きょうと》はどんどん形《かたち》を変《か》えていく。時間《じかん》をさかのぼり、平成《へいせい》、昭和《しょうわ》、大正《たいしょう》、明治《めいじ》、江戸《えど》——戦国期《せんごくき》と室町《むろまち》の大騒乱《だいそうらん》を経《へ》て、ついには平安京《へいあんきょう》と呼《よ》ばれた時代《じだい》の姿《すがた》へと。

「それが、〈クロニクル京都《きょうと》〉事業《じぎょう》なのです」

「——と、表向《おもてむ》きにはなっている」

案内係《あんないがかり》の言葉《ことば》にかぶせるように、フードの男《おとこ》がいきなり耳《みみ》もとでささやいた。直実《なおみ》は悲鳴《ひめい》をあげそうになるのをかろうじてこらえる。男《おとこ》はずっと直実《なおみ》のそばに立《た》っていたが、もちろんほかのだれにも見《み》えていないし、その声《こえ》も聞《き》こえていないはずだった。

「表向《おもてむ》き……？」

小声《こごえ》で聞《き》きかえした直実《なおみ》には答《こた》えず、男《おとこ》はさっさと先《さき》に歩《ある》き出《だ》す。見学《けんがく》グループは、続《つづ》いて、実際《じっさい》にその事業《じぎょう》に関《かか》わっている人々《ひとびと》が働《はたら》く研究室《けんきゅうしつ》へと足《あし》を進《すす》めていく。もちろん部屋《へや》の中《なか》には入《はい》れないが、ガラス張《ば》りの大《おお》きな窓《まど》ごしに、廊下《ろうか》から中《なか》を見《み》ることができた。

部屋《へや》の中《なか》には何台《なんだい》ものディスプレイが置《お》かれていて、白衣《はくい》を着《き》た研究員《けんきゅういん》たちが真剣《しんけん》なまなざしでそれを見《み》つめている。

「あっ、千古教授《せんこきょうじゅ》だ！」

見学者《けんがくしゃ》のひとりが指《ゆび》さした。ちょうどおくの部屋《へや》から、太《ふと》った中年《ちゅうねん》の男性《だんせい》が、何台《なんだい》ものドローンをしたがえて入《はい》ってくるところだった。妙《みょう》な電車《でんしゃ》のキャラクターがかかれたTシャツ姿《すがた》で、頭《あたま》にチューリップの花《はな》がふたつ、触角《しょっかく》のようにゆれるカチューシャをつけている。

彼《かれ》こそ〈クロニクル京都《きょうと》〉事業《じぎょう》の責任者《せきにんしゃ》である、京斗大学《けいとだいがく》の千古恒久教授《せんこつねひさきょうじゅ》だった。頭《あたま》のチューリップは、脳波《のうは》を直接《ちょくせつ》ドローンに送《おく》ってコントロールするための装置《そうち》なのだ。

千古教授《せんこきょうじゅ》はおもしろ半分《はんぶん》に、研究室内《けんきゅうしつない》にドローンを飛《と》び回《まわ》らせ、若《わか》い研究員《けんきゅういん》たちを困《こま》らせている。いつものことなのだろう、みんなめんどうくさそうにドローンを手《て》ではらったり、教授《きょうじゅ》にしかめつらを向《む》けたりしていた。

かたわらにいる女性研究員《じょせいけんきゅういん》にたしなめられ、千古教授《せんこきょうじゅ》は見学者《けんがくしゃ》たちに気《き》づいたようだった。しかし、まったく悪《わる》びれるでも、恰好《かっこう》をつけるでもなく、イェーイ、と、廊下《ろうか》に向《む》かって両手《りょうて》の親指《おやゆび》を立《た》ててみせる。

フッ、と、フードの男《おとこ》が笑《わら》ったような気《き》がして、直実《なおみ》は彼《かれ》を見上《みあ》げた。だが、男《おとこ》はもう真顔《まがお》で、つぶやくように言《い》った。

「都市全体《としぜんたい》の情報《じょうほう》を際限《さいげん》なく記録《きろく》するためには、膨大《ぼうだい》な記憶領域《きおくりょういき》が必要《ひつよう》になる。これまでのコンピュータではとうてい不可能《ふかのう》なことだった」

「しかし、pluura《プルーラ》社《しゃ》の持《も》つ量子《りょうし》コンピュータ事業《じぎょう》の進歩《しんぽ》、そして、京斗大学《けいとだいがく》の新理論《しんりろん》がそれを可能《かのう》としました」

案内係《あんないがかり》もまた、男《おとこ》と同《おな》じ内容《ないよう》を、明《あか》るい声《こえ》で語《かた》りつづけている。

「その技術革新《ぎじゅつかくしん》の集大成《しゅうたいせい》が、無限《むげん》の記述《きじゅつ》を可能《かのう》にするレコーダー、『量子記憶装置《りょうしきおくそうち》〈アルタラ〉』です」

このセンターのもっともおくの部屋《へや》に、それはどっしりと存在《そんざい》していた。

直径《ちょっけい》が10メートルはあろうかという、真《ま》っ白《しろ》な半円球《はんえんきゅう》。おわんをふせたような形《かたち》のそれは、ふたまわりほども大《おお》きい透明《とうめい》な半球《はんきゅう》に守《まも》られ、周囲《しゅうい》の壁《かべ》には色《いろ》とりどりの複雑《ふくざつ》な配線《はいせん》がはい回《まわ》っていた。

(……見《み》たことあるな、これ)

直実《なおみ》は考《かんが》えこむ。ニュースや科学雑誌《かがくざっし》の記事《きじ》でだろうか。

(ちがう……そうだ、昨日《きのう》、伏見稲荷《ふしみいなり》で)

フードの男《おとこ》に出会《であ》う直前《ちょくぜん》、めまいの中《なか》で見《み》た、とぎれとぎれのまぼろし。

その中《なか》に――たしかにこの白《しろ》い球《たま》があった……。

「行《い》くぞ」

いきなり男《おとこ》が直実《なおみ》からはなれて歩《ある》き出《だ》した。

「えっ⁉」

もうふりかえりもしないで、男《おとこ》は〈アルタラ〉ルームの出口《でぐち》へ向《む》かう。直実《なおみ》はしかたなく、案内係《あんないがかり》やグループの人々《ひとびと》に「用事《ようじ》を思《おも》い出《だ》しました」と言《い》いわけをして頭《あたま》を下《さ》げ、それから男《おとこ》を追《お》いかけた。

「なんなんですか。もう。見学《けんがく》しろって言《い》ったり、やめろって言《い》ったり」

廊下《ろうか》で追《お》いついて文句《もんく》を言《い》う。男《おとこ》は答《こた》えず、また指《ゆび》で作《つく》った輪《わ》をのぞきこんで、なにかを確認《かくにん》していた。

「時間《じかん》がない。バスだな。出町柳《でまちやなぎ》までのルート調《しら》べろ」

直実《なおみ》はしかたなくスマホを取《と》り出《だ》した。

「〝出町柳《でまちやなぎ》まで移動《いどう》〟」

スマホに話《はな》しかけると、すぐに3D表示《ひょうじ》の〈pluura《プルーラ》マップ〉が開《ひら》き、現在地《げんざいち》から目的地《もくてきち》までのルートが表示《ひょうじ》される。徒歩《とほ》でかかる時間《じかん》。バスの最寄《もよ》り駅《えき》の時刻表《じこくひょう》。すべてが一瞬《いっしゅん》でわかるようになっている。

直実《なおみ》は、示《しめ》された情報《じょうほう》にしたがって、府庁舎前《ふちょうしゃまえ》のバス停《てい》から市《し》バスに乗《の》りこんだ。そばに立《た》っている男《おとこ》に小声《こごえ》で話《はな》しかける。

「……このマップを何倍《なんばい》もくわしくしたのが、〈クロニクル京都《きょうと》〉ってことですよね？」

スマホに表示《ひょうじ》されたままの〈plura《プルーラ》マップ〉を、かたむけて男《おとこ》に見《み》せる。カラフルな色《いろ》とアイコンで表示《ひょうじ》された京都《きょうと》の地図《ちず》が、バスの移動《いどう》にしたがってどんどん流《なが》れていく。

「そうだ。だが、ケタがちがう」

男《おとこ》はたんたんと語《かた》る。

「量子記憶装置《りょうしきおくそうち》〈アルタラ〉は、無限《むげん》の記憶領域《きおくりょういき》を持《も》つ。何倍《なんばい》、なんて話《はなし》じゃない。何億倍《なんおくばい》、何《なん》兆倍《ちょうばい》でも記憶《きおく》できる」

「もう、想像《そうぞう》もできないですが……」

周囲《しゅうい》の乗客《じょうきゃく》たちが、めいわくそうな顔《かお》で直実《なおみ》を見《み》ている。彼《かれ》らには、直実《なおみ》がスマホを見《み》ながら独《ひと》り言《ごと》をつぶやいているようにしか見《み》えないのだろう。

「……急《いそ》げ。時間《じかん》が押《お》してる」

男《おとこ》は、出町柳《でまちやなぎ》につくとバスから飛《と》び降《お》り、走《はし》り出《だ》した。

「なんなんですか、いったい！」

おこりながら、直実《なおみ》もあとに続《つづ》く。

男《おとこ》は信号《しんごう》をわたると、加茂大橋《かもおおはし》のたもとから、高野川《たかのがわ》の河原《かわら》へ降《お》りる階段《かいだん》をかけ下《お》りた。

その目《め》の前《まえ》に広《ひろ》がるのは、高野川《たかのがわ》と賀茂川《かもがわ》の合流地点《ごうりゅうちてん》——いわゆる「鴨川《かもがわ》デルタ」だ。

下鴨神社《しもがもじんじゃ》のある糺《ただす》の森《もり》をのせた大《おお》きな三角州《さんかくす》の一番《いちばん》はしは、丸《まる》い石《いし》がしきつめられた小《ちい》さな広場《ひろば》になっていて、2本《ほん》の川《かわ》のどちらの岸《きし》からも、浅瀬《あさせ》をつなぐ飛《と》び石《いし》でわたることができる。周囲《しゅうい》の河川敷《かせんじき》も公園《こうえん》として整備《せいび》されていて、京都市民《きょうとしみん》のいこいの場所《ばしょ》だ。

今日《きょう》も、春《はる》の明《あか》るい日《ひ》ざしの中《なか》、デート中《ちゅう》のカップルや水遊《みずあそ》びする子《こ》どもたちが何組《なんくみ》か見《み》える。開《ひら》けた空《そら》には、pluura《プルーラ》社《しゃ》と京都市《きょうとし》のマークが入《はい》ったたくさんのドローンが浮《う》かび、ゆっくりと移動《いどう》していた。

「こんななにもないとこ……」

たしかにここは、京都《きょうと》の有名《ゆうめい》スポットのひとつだ。だが、少《すく》なくとも、男《おとこ》ふたりで、こんなに急《いそ》いでくるような場所《ばしょ》ではない。

「なにもない？」

男《おとこ》は、水辺《みずべ》に降《お》りる手前《てまえ》の、コンクリートの上《うえ》で立《た》ち止《ど》まった。つられて足《あし》を止《と》めた直実《なおみ》をふりかえり、ニヤリ、と笑《わら》った。

「いいや、あるさ——記録《きろく》に残《のこ》るイベントがな」

そのときだった。

いきなり、直実《なおみ》の上《うえ》に、空《そら》からなにかが落《お》ちてきたのだ。

「!?」

驚《おどろ》いてよけようとしたが、間《ま》に合《あ》わなかった。右《みぎ》の額《ひたい》にするどい痛《いた》みと衝撃《しょうげき》が走《はし》り、直実《なおみ》はその場《ば》にたおれこむ。

「う……」

コンクリートの上《うえ》に、血《ち》がぽたりと垂《た》れた。額《ひたい》が切《き》れている。

落《お》ちてきたのはあのドローンの1機《き》だった。コンクリートの上《うえ》に落下《らっか》して、4つのプロペラのうちふたつはくだけ、残《のこ》りふたつは、まだカラカラと回《まわ》りつづけている。

額《ひたい》を押《お》さえて顔《かお》をしかめる直実《なおみ》を見下《みお》ろしながら、男《おとこ》が言《い》った。

「2020年《ねん》——〈クロニクル京都《きょうと》〉の真《しん》の計画《けいかく》が、極秘裏《ごくひり》に始動《しどう》した。それは、大量《たいりょう》の測定機《そくていき》器《き》で、」

ドローンを指《ゆび》さす。

「京都全域《きょうとぜんいき》を測定《そくてい》し、〈アルタラ〉に、京都《きょうと》の全事象《ぜんじしょう》を丸《まる》ごと記録《きろく》しようというものだった」

全事象《ぜんじしょう》――すべてのことがら。なにもかも。

男《おとこ》は続《つづ》ける。

「２０２７年《ねん》4月《がつ》17日《にち》。河川敷《かせんじき》で本《ほん》を読《よ》もうとしていた堅書直実《かたがきなおみ》は、ぐうぜん落《お》ちてきたドローンと接触《せっしょく》する。それが〈記録《きろく》された過去《かこ》〉だ」

「記録《きろく》された……〈過去《かこ》〉？」

過去《かこ》？　過去《かこ》、とはどういうことだ。

男《おとこ》がゆっくりと近《ちか》づいてくる。

「ここは、〈アルタラ〉に記録《きろく》された〈過去の京都《かこのきょうと》〉。おまえは、〈アルタラ〉に記録《きろく》された〈過《か》去《こ》の堅書直実《かたがきなおみ》〉」

なにを言《い》われているのかわからない。言葉《ことば》を失《うしな》って見上《みあ》げる直実《なおみ》の前《まえ》で、男《おとこ》はゆっくりと、目《ま》深《ぶか》にかぶっていたフードを取《と》りはじめた。

「そして俺《おれ》は――」

フードがずれるのに合《あ》わせて――顔《かお》が〈出来上《できあ》がっていく〉。

鼻《はな》、目《め》、額《ひたい》、髪《かみ》。

それは――直実《なおみ》がよく知《し》っている顔《かお》だった。

そう——毎日鏡《まいにちかがみ》で見《み》ている顔《かお》。自分自身《じぶんじしん》の——顔《かお》。

「俺《おれ》は、現実世界《げんじつせかい》から〈アルタラ〉の内部《ないぶ》にアクセスしている、〈10年後《ねんご》の堅書直実《かたがきなおみ》〉だ」

「10年後《ねんご》の……？」

なにを言《い》われているのかわからない。

だが、目《め》の前《まえ》の男《おとこ》の顔《かお》はたしかに、直実《なおみ》——少《すこ》し年《とし》を取《と》った直実《なおみ》のものだった。

男《おとこ》は前髪《まえがみ》を少《すこ》しあげて、右《みぎ》の額《ひたい》を見《み》せた。そこに古《ふる》い傷《きず》あとがある。

たったいま、直実《なおみ》の額《ひたい》についた傷《きず》だ。

「おまえのことはなんでも知《し》っている。なんせ、俺《おれ》のことなんだからな」

そう言《い》って、男《おとこ》——未来《みらい》の直実《なおみ》は、またニヤリと笑《わら》った。

HELLO WORLD

幸《さいわ》い、けがは病院《びょういん》に行《い》くほどではなかった。自宅《じたく》にもどり、母《はは》にばんそうこうをはってもらうと、直実《なおみ》は自分《じぶん》の部屋《へや》に入《はい》る。

壁一面《かべいちめん》を本《ほん》だなが占領《せんりょう》しているその部屋《へや》の中《なか》には、3本足《ぼんあし》のカラスを肩《かた》に乗《の》せた〝10年後《ねんご》の直《なお》実《み》〟が立《た》っていた。机《つくえ》の上《うえ》に置《お》いてある『決断力《けつだんりょく》』のマニュアル本《ぼん》を見《み》ながら、なつかしそうにつぶやく。

「買《か》ったなぁ、こんなの」

直実《なおみ》は、まだ信《しん》じられないという目《め》で、目《め》の前《まえ》の男《おとこ》を見上《みあ》げた。

「……あなた、本当《ほんとう》に未来《みらい》の僕《ぼく》なんですか？」

「背《せ》がちがうって？」

そうなのだ。明《あき》らかにこの男《おとこ》は自分《じぶん》より10センチは背《せ》が高《たか》い。

「心配《しんぱい》するな。これからのびるんだ――まあ、これはアクセス用《よう》のアバターだから、容姿《ようし》は変更《へんこう》できるんだが」

言《い》うなり、男《おとこ》の左手《ひだりて》が一瞬《いっしゅん》で、機械《きかい》じかけのマジックハンドにすり替《か》わった。直実《なおみ》が息《いき》をのむと、すぐにそれはもとにもどる。

さっきの、フードの中《なか》にだんだん顔《かお》が出来上《できあ》がっていく様子《ようす》といい、たしかに、この男《おとこ》がこの世界《せかい》ではありえない力《ちから》を持《も》っている――この世界《せかい》とはちがうところから来《き》た、ということは、どうやら認《みと》めざるを得《え》ないようだった。

「……この世界《せかい》が全部《ぜんぶ》、〝記録《きろく》されたデータ〟って……本当《ほんとう》のことなんですか」

直実《なおみ》は、勉強机《べんきょうづくえ》のイスに座《すわ》りこみながらたずねた。

「本当《ほんとう》。……と言《い》ったところで意味《いみ》はないのさ。この世界《せかい》は、現実《げんじつ》の完全《かんぜん》な複写《ふくしゃ》として成立《せいりつ》している。こっちが現実《げんじつ》、こっちがデータ、といれ替《か》わっていても、おまえはそのちがいを観測《かんそく》できない。真偽《しんぎ》を問《と》うのは無意味《むいみ》だ」

記録《きろく》された過去《かこ》。デジタルデータ。

本物《ほんもの》を完璧《かんぺき》に――分子原子《ぶんしげんし》のレベルまでコピーし、再現《さいげん》することができるとしたら。感情《かんじょう》も、記憶《きおく》も、なにもかもすべて。

それは――どちらが本物《ほんもの》なのだろうか？

「そう言《い》われてしまうと――僕《ぼく》には、そういうもんだと思《おも》うしかないんですが」

直実《なおみ》が言《い》うと、〝未来《みらい》の直実《なおみ》〟――ここからは、ナオミ、と呼《よ》ぶことにしよう――は、へえ、と感心《かんしん》したようにつぶやいた。

「順応《じゅんのう》早《はや》いな？」

「……イーガンとかっぽいなって」

直実《なおみ》は、お気《き》にいりのハードSF小説《しょうせつ》がならぶ本《ほん》だなに目《め》をやりながら答《こた》えた。

ハードSFとは、一般的《いっぱんてき》にSFと呼《よ》ばれるものの中《なか》でも特《とく》に、正確《せいかく》で専門的《せんもんてき》な科学《かがく》の知識《ちしき》にもとづいて書《か》かれた作品《さくひん》のことだ。

H《エイチ》・G《ジー》・ウェルズ、A《アーサー》・C《シー》・クラークなどの作品《さくひん》がならぶそのたなには、現代《げんだい》オーストラリアの作家《さっか》、G《グレッグ》・イーガンの本《ほん》も何冊《なんさつ》か置《お》かれている。その中《なか》にはたしか、肉体《にくたい》を捨《す》てて意識《いしき》をソフトウェアに移《うつ》し、ネットワーク世界《せかい》に住《す》んでいる人々《ひとびと》の話《はなし》があった。

「でも、ここがあなたの世界《せかい》のコピーなら……そのまったく同《おな》じ世界《せかい》に、あなたはいったい、なにしに来《き》たんですか？」

直実《なおみ》がたずねると、ナオミはニヤリと笑《わら》った。

「……それは、おまえのなやみを解決《かいけつ》するためだ」

「なやみ？」

「そう。おまえのことはなんでも知《し》っていると言《い》っただろう」

ドキッ、とする直実《なおみ》に、ナオミは、一歩近《いっぽちか》づいた。

「おまえは――」

ナオミは、まるであわれむような目《め》で、直実《なおみ》を見下《みお》ろしながら言《い》った。

「――彼女《かのじょ》がほしい」

直実《なおみ》は、は？　と、口《くち》をあける。

「……いえ、別《べつ》に……そんなことは」

するとナオミは、パチンと指《ゆび》を鳴《な》らした。彼《かれ》の肩《かた》からカラスが舞《ま》い上《あ》がり、本《ほん》だなの上《うえ》に置《お》いてあった段《だん》ボール箱《ばこ》をつついて床《ゆか》に落《お》とす。

「うわっ、ちょっと！」

床《ゆか》にぶちまけられたのは、グラビアアイドルの写真集《しゃしんしゅう》だった。直実《なおみ》はあわててイスから飛《と》び降《お》り、雑誌《ざっし》をかき集《あつ》める。

「俺《おれ》は、そういうおまえのモンモンとした青春《せいしゅん》のなやみを解決《かいけつ》するため——つまり、おまえに彼《かの》女《じょ》を作《つく》るために来《き》たのさ」

ナオミは、そう言《い》って、ニヤリと笑《わら》った。

「……僕《ぼく》に？　彼女《かのじょ》？　そんなもの……できると思《おも》えませんが」

うさんくさそうに聞《き》きかえす直実《なおみ》に、ナオミは自信《じしん》たっぷりにうなずく。

「できる」

この人《ひと》は、なにか確信《かくしん》があって言《い》っているのだろうか？

「彼女《かのじょ》……」

最初《さいしょ》に直実《なおみ》の頭《あたま》に浮《う》かんだのは、昨日《きのう》の図書委員会《としょいいんかい》でいっしょだったかわいい子《こ》——1年《ねん》C組《ぐみ》の勘解由小路三鈴《かでのこうじみすず》の顔《かお》だった。

おそるおそる、直実《なおみ》は、未来《みらい》の自分《じぶん》――ナオミにたずねる。

「あなたは、つまり、知《し》ってるわけですよね？　だれが、僕《ぼく》の彼女《かのじょ》になるのか」

「もちろんだ」

「それはだれですか？　僕《ぼく》、もう会《あ》ってますか？　知《し》ってる人《ひと》ですか？」

「会《あ》っている」

勘解由小路《かでのこうじ》さんとか……と聞《き》きかけてためらう直実《なおみ》に、ナオミはきっぱりと言《い》った。

「おまえは、今日《きょう》から3か月後《げつご》に――」

「一行瑠璃《いちぎょうるり》と、恋人同士《こいびとどうし》になる」

HELLO WORLD

ハロー・ワールド

pluura《プルーラ》社《しゃ》

〈クロニクル京都《きょうと》〉事業《じぎょう》を支《ささ》える柱《はしら》とも言《い》うべき会社《かいしゃ》、それがpluura《プルーラ》社《しゃ》だ。

pluura

世界最大《せかいさいだい》のweb《ウェブ》サービス企業《きぎょう》。提供《ていきょう》しているマップ、メール、カレンダーなどは人々《ひとびと》の日常生活《にちじょうせいかつ》に密接《みっせつ》に関係《かんけい》しており、ありとあらゆる情報《じょうほう》がpluura社《プルーラしゃ》に集《あつ》まってくる。

ALLTALE

量子記憶装置《りょうしきおくそうち》＜アルタラ＞

京都府歴史記録事業《きょうとふれきしきろくじぎょう》センター

京都府庁舎《きょうとふちょうしゃ》の中《なか》にある京都府歴史記録事業《きょうとふれきしきろくじぎょう》センター。この中《なか》に、無限《むげん》に情報《じょうほう》を記録《きろく》し続《つづ》ける、量子記憶装置《りょうしきおくそうち》＜アルタラ＞がある。

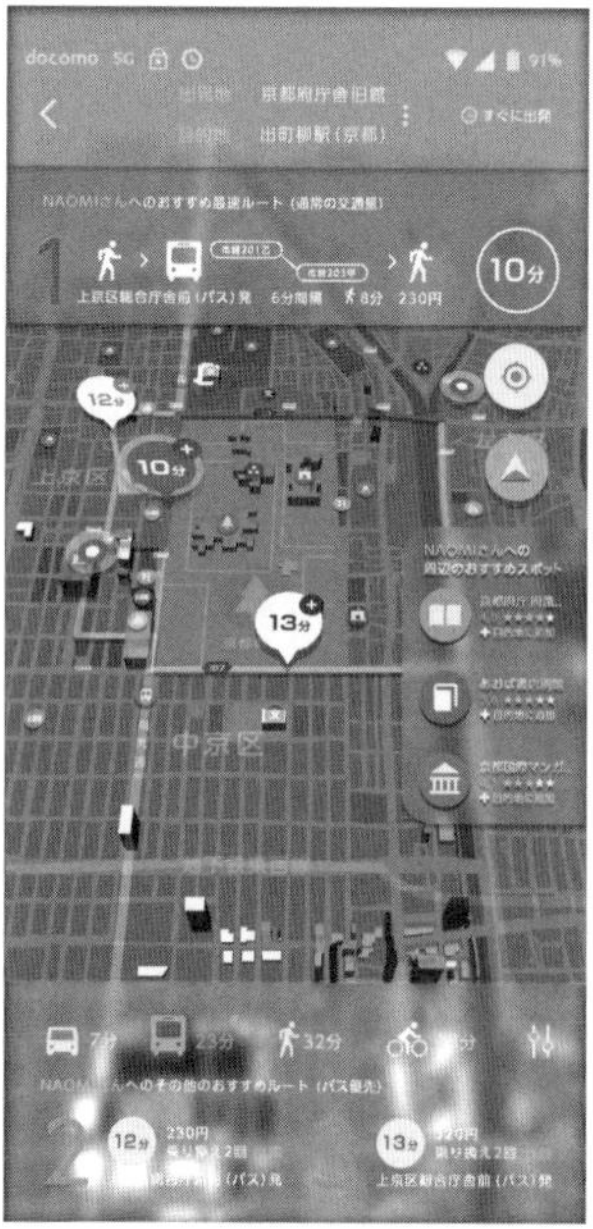

➡スマホで表示《ひょうじ》されたpluura《プルーラ》マップ。移動距離《いどうきょり》、時間《じかん》、交通機関《こうつうきかん》の時刻表《じこくひょう》などが瞬時《しゅんじ》に分《わ》かる。

03／∧神の手《グッドデザイン》∨

月曜日《げつようび》の放課後《ほうかご》。直実《なおみ》は図書室《としょしつ》の廊下《ろうか》から、そっと中《なか》をうかがっていた。

今日《きょう》は、一行瑠璃《いちぎょうるり》が図書当番《としょとうばん》なのだ。

カウンターに座《すわ》り、瑠璃《るり》は本《ほん》を読《よ》んでいる。

内容《ないよう》になっとくがいかない部分《ぶぶん》があったらしく、なにやらけわしい表情《ひょうじょう》で、ページをもどり、また読《よ》みかえし、むむ……とまゆの間《あいだ》にしわをよせている。いま話《はな》しかけたらどなられそうだ。

貸《か》し出《だ》しの手続《てつづ》きを待《ま》っている女子生徒《じょしせいと》が、とまどった様子《ようす》で立《た》ちつくしている。

「……こわ……」

思《おも》わず声《こえ》に出《だ》してしまった。と、そのとき、ガガッ、と頭《あたま》をいきなり小突《こづ》かれて、直実《なおみ》は悲鳴《ひめい》をあげそうになる。

ふりむくと、あの3本足《ぼんあし》のカラスだった。廊下《ろうか》の床《ゆか》に舞《ま》い降《お》りたカラスは、ぴょんぴょんとはねながら、直実《なおみ》をどこかに導《みちび》いていこうとする。

しかたなくあとをついていくと、カラスは廊下《ろうか》のおくにある男子《だんし》トイレに入《はい》った。

「……あっ」

中《なか》をのぞくと、洗面台《せんめんだい》のところにナオミが立《た》っている。

「なんでトイレなんですか」

「おまえが外《そと》でひとりごと言《い》ってたら怪《あや》しいだろうが。で？　確認《かくにん》したのか？」

ナオミに聞《き》かれ、直実《なおみ》は小《ちい》さくため息《いき》をついた。

「……その……本当《ほんとう》に一行《いちぎょう》さんと？　なにかのまちがいでは？」

「なんだその顔《かお》は」

直実《なおみ》の、まったくうれしくなさそうな様子《ようす》を見《み》て、ナオミはムッとしている。

「いえ、その……一行《いちぎょう》さんは僕《ぼく》には無理《むり》なんじゃないかと」

「無理《むり》とは？」

「そのう……僕《ぼく》の好《この》みは、もっとかわいい系《けい》な感《かん》じでして……」

そう。たとえば、勘解由小路三鈴《かでのこうじみすず》のような。小《ちい》さくて、ふわふわした……。

「あんな、近《ちか》づくだけでかまれそうな、孤高《ここう》のオオカミみたいな人《ひと》は、ちょっと……」

今日《きょう》、直実《なおみ》は朝《あさ》からずっと、一行瑠璃《いちぎょうるり》を観察《かんさつ》していた。

彼女《かのじょ》は強《つよ》すぎる。なにが起《お》きても動《どう》じない。

2時間目《じかんめ》の体育《たいいく》の授業《じゅぎょう》のあと、クラスの男子《だんし》がふざけて体操着《たいそうぎ》の袋《ふくろ》を教室《きょうしつ》で投《な》げ合《あ》っていた。周《まわ》りのだれもがめいわくそうにしていたが、はっきり注意《ちゅうい》する人《ひと》もいない。そのうちに、ひとりの手《て》もとがくるい、袋《ふくろ》が、窓《まど》ぎわの席《せき》で本《ほん》を読《よ》んでいた瑠璃《るり》のほうへ飛《と》んだ。

袋《ふくろ》は瑠璃《るり》の顔《かお》すれすれを通《とお》り、窓《まど》ガラスに当《あ》たって落《お》ちた。教室《きょうしつ》は静《しず》まりかえった。けれども、瑠璃本人《るりほんにん》は、まるでなにごともなかったかのように——自分以外《じぶんいがい》のだれもそこに存在《そんざい》しないかのように、背筋《せすじ》をピンとのばしたまま本《ほん》を読《よ》みつづけていた。

それから昼休《ひるやす》み。あの混《こ》み合《あ》っている購買部《こうばいぶ》に、ずんずんと分《わ》け入《い》って、人気《にんき》の焼《や》き肉《にく》パンにもフィッシュサンドにも目《め》もくれず、ねじりパンを買《か》っていた。

彼女《かのじょ》の席《せき》を占領《せんりょう》し、おしゃべりに夢中《むちゅう》になっているクラスメートに、なんのためらいもなく「そこは私《わたし》の席《せき》なのでどいていただけますか」と言《い》ってのけた。

今日《きょう》だけではない。覚《おぼ》えているかぎり、彼女《かのじょ》がだれかと楽《たの》しそうに話《はな》しているところも、笑《わら》っているところも見《み》たことがない。

同《おな》じ〝ぼっち〟でも、直実《なおみ》のような、本当《ほんとう》はもっとクラスにとけこみたいのにぐずぐずしているだけの人間《にんげん》とは真逆《まぎゃく》。あくまでも自分《じぶん》の意志《いし》でひとりでいるタイプだ。

しかし、その直実《なおみ》の感想《かんそう》は、ナオミには許《ゆる》せないものだったらしい。

「おまえ、いま、かわいくないっつったか!?」

「いや、かわいくないとは言《い》わないですけど！　むしろ美人《びじん》ですけど！　絶対《ぜったい》〈かわいい系《けい》〉じゃないでしょ!?」

「かわいい系《けい》だよ！　おまえなにを見《み》てきたんだ！　別人《べつじん》とまちがえてるんじゃないのか!?　もういい、俺《おれ》がたしかめる！　図書室《としょしつ》だな!?」

ナオミは、子《こ》どもっぽく言《い》い捨《す》てると、壁《かべ》をすりぬけて廊下《ろうか》へ出《で》て行《い》った。直実《なおみ》もしかたなくふたたび図書室《としょしつ》へ向《む》かう。

一行瑠璃《いちぎょうるり》は、まだ貸《か》し出《だ》しカウンターに座《すわ》っていた。あいかわらず怖《こわ》い顔《かお》で本《ほん》を読《よ》んでいる。

「ほら、一行《いちぎょう》さんでしょ」

だれにも見《み》えないのをいいことに、入《い》り口《ぐち》に仁王立《におうだ》ちしているナオミに、直実《なおみ》はこそこそと話《はな》しかける。

「同《おな》じ委員《いいん》なんだから、まちがえようがない……」

言《い》いながら、ナオミの顔《かお》を見上《みあ》げ——直実《なおみ》はハッと息《いき》をのんだ。

ナオミは泣《な》いていた。

無言《むごん》のまま、一行瑠璃《いちぎょうるり》をじっと見《み》つめ――あとからあとからこぼれる涙《なみだ》をふきもせず、ナオミはしばらくのあいだ、そこに立《た》ちつくしていた。

HELLO WORLD

ソーラーパネルのならぶ校舎屋上《こうしゃおくじょう》に人影《ひとかげ》はない。春《はる》の日《ひ》がゆっくりと、遠《とお》い西《にし》の山《やま》へ沈《しず》んでいこうとしていた。

「つきあいはじめてすぐのころ、事故《じこ》は起《お》こった」

フードを目深《まぶか》にかぶり、また顔《かお》を隠《かく》してしまったナオミは、直実《なおみ》に背《せ》を向《む》けたまま静《しず》かに語《かた》りはじめた。

「いっしょに行《い》った花火大会《はなびたいかい》のさなか、落雷《らくらい》が木《き》を直撃《ちょくげき》した。運悪《うんわる》くそばにいた彼女《かのじょ》は……二度《にど》と目《め》を開《ひら》くことはなかった」

ナオミは、夕日《ゆうひ》を見《み》つめながら言《い》った。

「俺《おれ》の目的《もくてき》は〝記録《きろく》の改竄《かいざん》〟だ」

改竄《かいざん》――自分《じぶん》に都合《つごう》よく書《か》きかえること。

「3か月後《げつご》の記録《きろく》――この世界《せかい》での出来事《できごと》を書《か》きかえて事故《じこ》を防《ふせ》ぐ。彼女《かのじょ》の存在《そんざい》が残《のこ》れば、それが影響源《えいきょうげん》となって、周囲《しゅうい》の記録《きろく》を自然《しぜん》と変《か》えていく」

たとえ石《いし》ころ1個《こ》でも、それがあるかないかでなにかの運命《うんめい》は変《か》わる。小《ちい》さな変化《へんか》に影響《えいきょう》されて、つぎつぎに物事《ものごと》が変《か》わっていき、やがて大《おお》きな変化《へんか》になることもある。ましてそれが、人《ひと》ひとりの存在《そんざい》ならどうだろう。

「この無限《むげん》の記憶領域《きおくりょういき》の中《なか》に、〈一行瑠璃《いちぎょうるり》が生《い》きている世界《せかい》〉が記録《きろく》されていく……」

だが、直実《なおみ》はどうしても聞《き》かずにいられない。

「でも――それは意味《いみ》があるんですか？　記録《きろく》の中《なか》で一行《いちぎょう》さんが助《たす》かったとしても……」

「そう。現実《げんじつ》の彼女《かのじょ》はもどらない」

そんなことはわかっている、と言《い》いたげに、ナオミは言《い》った。

「じゃあ、どうして……」

「――本当《ほんとう》に、つきあいはじめたばかりだったんだ」

ナオミは、さみしそうに笑《わら》った。

「ふたりでどこにも行《い》けなかった。なんの思《おも》い出《で》もない。写真《しゃしん》の1枚《まい》すらない」

「……………」

「ひとつだけでいい。幸《しあわ》せになった彼女《かのじょ》の笑顔《えがお》がほしい」

ナオミは、顔《かお》を隠《かく》していたフードをとった。直実《なおみ》より10歳年上《さいとしうえ》――じゅうぶんに大人《おとな》だが、まだどこか少年《しょうねん》めいた素顔《すがお》で、直実《なおみ》を見下《みお》ろす。

「その記録《きろく》がほしい。思《おも》い出《で》がほしい。たとえそれが現実《げんじつ》じゃないとしても。たとえそれが――俺《おれ》のものじゃないとしてもだ」

ナオミは左手《ひだりて》をさしのべ、直実《なおみ》の腕《うで》をつかもうとした。だが、その手《て》は直実《なおみ》の体《からだ》をすりぬけてしまう。

「俺《おれ》はなにもできない。アバターの俺《おれ》は、この世界《せかい》にふれることすらできない――俺《おれ》は無力《むりょく》だ」

ナオミは、直実《なおみ》に向《む》かって深々《ふかぶか》と頭《あたま》を下《さ》げた。

「――たのむ。力《ちから》を貸《か》してくれ」

大人《おとな》の男性《だんせい》にこんなふうに頭《あたま》を下《さ》げられると、どうしていいかわからなくなってしまう。

直実《なおみ》は、しばらく考《かんが》えるように目《め》をそらしていたが、やがて、言葉《ことば》を探《さが》しながら口《くち》を開《ひら》いた。

「僕《ぼく》は、そのう……まだ全然《ぜんぜん》わからなくて、一行《いちぎょう》さんのこともよく知《し》らなくて、そんな、つきあうとか……想像《そうぞう》もできないんですけど……」

「けど？」

「あんなきれいな子《こ》とつきあえたら、そりゃあ幸《しあわ》せだと思《おも》うし……」

それに。３か月後《げつご》に彼女《かのじょ》が死《し》ぬなんて、聞《き》いてしまったら、もう。

「事故《じこ》を防《ふせ》げるなら、助《たす》けたいです。僕《ぼく》も」

直実《なおみ》の言葉《ことば》を聞《き》いて、ナオミはやっと頭《あたま》をあげた。ホッとしたような顔《かお》。

それを見《み》て、直実《なおみ》は急《きゅう》に照《て》れくさくなった。

「あなたのこと、なんて呼《よ》べばいいですかね……一応自分《いちおうじぶん》なんだし……」

ナオミは笑《わら》い——そして、ちょっと芝居《しばい》がかって胸《むね》を張《は》った。

「ならば〝先生《せんせい》〟と呼《よ》べ」

そう言《い》いながら、右手《みぎて》をさしだす。

握手《あくしゅ》を求《もと》められているのだとわかって、直実《なおみ》はとまどう。さわれないのに？

「形《かたち》だけでいいさ。儀式《ぎしき》だ」

そう言《い》われ、直実《なおみ》も右手《みぎて》をさしだした。ふたりの手《て》がたどたどしくかさなり合《あ》う。

「いろいろ教《おし》えてやる。10年先輩《ねんせんぱい》だからな」

「でもその……僕《ぼく》になにが手伝《てつだ》えるか……」

気弱《きよわ》になって、直実《なおみ》は言《い》った。

「本当《ほんとう》に僕《ぼく》、なにもできないんですよ。あなたも僕《ぼく》なら知《し》ってるでしょ？」

「いいや、おまえはもう無力《むりょく》じゃない」

ナオミは、ニヤリと笑《わら》った。

「おまえには俺《おれ》と――〝こいつ〟がいるからだ」

とつぜん、空《そら》からあの3本足《ぼんあし》のカラスが舞《ま》い降《お》りてきた。そして、直実《なおみ》の右手《みぎて》に止《と》まったと思《おも》うと――

「うわぁぁぁぁ!?」

カラスはむらさき色《いろ》の光《ひかり》になって、直実《なおみ》の右手《みぎて》を包《つつ》みこみ――手《て》ぶくろに変化《へんか》したのだ。

「これは……いったい？」

まるで、水《みず》がそのままとわりついたような光《ひかり》を放《はな》つ手《て》ぶくろ。

「〈神の手《グッドデザイン》〉だ」

ナオミは、おごそかに、その名前《なまえ》をつけた。

翌日《よくじつ》の早朝《そうちょう》6時《じ》すぎ。

京都《きょうと》の北西《ほくせい》にある小高《こだか》い丘《おか》——雙ヶ岡《ならびがおか》の頂上近《ちょうじょうちか》くに、直実《なおみ》とナオミの姿《すがた》があった。

うっそうとした森《もり》の中《なか》、まだあたりはうす暗《ぐら》い。ほかに人影《ひとかげ》はなく、目覚《めざ》めて鳴《な》きかわす鳥《とり》の声《こえ》だけが聞《き》こえている。

直実《なおみ》は片《かた》ひざをついてしゃがみ、〈神の手《グッドデザイン》〉をはめた右手《みぎて》を、しめった地面《じめん》に押《お》し当《あ》てていた。

「結果《けっか》をイメージしろ」

腕組《うでぐ》みをしたナオミが見下《みお》ろしながら命《めい》ずる。

「できるかぎりリアルに、身近《みぢか》でシンプルなものを想像《そうぞう》しろ。プラスチック、ゴム、紙《かみ》……」

直実《なおみ》は、言《い》われるままに目《め》を閉《と》じ、想像《そうぞう》する。

毎日使《まいにちつか》っていて、小《ち》さくて、イメージしやすいもの。ひとつの材料《ざいりょう》からできているもの。

右手《みぎて》を包《つつ》んだ〈神の手《グッドデザイン》〉の表面《ひょうめん》に、光《ひかり》が走《はし》った。

と、見《み》る間《ま》に、そこを中心《ちゅうしん》にして光《ひかり》がうずを巻《ま》きはじめる。

「——それを心《こころ》で……つかめ！」

「うおおおお!?」

虹色《にじいろ》の光《ひかり》がほとばしり、直実《なおみ》の周《まわ》りではじけた。

ゆっくりと、にぎりしめた右手《みぎて》を開《ひら》くと――そこには、小《ちい》さな白《しろ》い消《け》しゴムがひとつ。

「出《で》た……」

放心《ほうしん》したようにつぶやく直実《なおみ》に、ナオミが笑《わら》いかけた。

「最初《さいしょ》にしちゃ上出来《じょうでき》だ」

「これが……〈神の手《グッドデザイン》〉の力《ちから》……」

ナオミはうなずき、自分《じぶん》の右手《みぎて》をかかげた。

「〈神の手《グッドデザイン》〉は、記憶世界《きおくせかい》〈アルタラ〉のデータに直接《ちょくせつ》アクセスして、世界《せかい》そのものを書《か》きかえる装置《そうち》だ。空気《くうき》を水《みず》に。土《つち》くれを宝石《ほうせき》に」

手《て》のひらから水《みず》があふれる。地面《じめん》にふれれば、土《つち》はキラキラと光《ひか》る石《いし》に変《か》わった。だが、彼《かれ》がさっと手《て》をふるだけで、それらはかき消《き》えた。

「――ないものを、あるように」

空中《くうちゅう》をなでるように手《て》を動《うご》かすと、その動《うご》きに沿《そ》って白《しろ》い棒《ぼう》のようなものが生《う》み出《だ》されていく。

三角《さんかく》の赤《あか》い板《いた》が先《さき》に取《と》りつけられたそれは、「止《と》まれ」の道路標識《どうろひょうしき》だった。

「ま、俺《おれ》のこれはただのまぼろしだがな――アバターの俺《おれ》は、〈アルタラ〉内《ない》での権限《けんげん》が少《すく》ない。だが、おまえの〈神の手《グッドデザイン》〉は物理権限《ぶつりけんげん》を有《ゆう》している」

ナオミが手《て》をふると、その道路標識《どうろひょうしき》も消《き》えうせた。

「物理権限《ぶつりけんげん》とは、つまり、〈アルタラ〉内部《ないぶ》のものにさわれるし、干渉《かんしょう》できる——変化《へんか》させられるってことだ。その手《て》ぶくろを使《つか》いこなせば、このまぼろしはすべて現実《げんじつ》となる」

「つまり——なんでもできる、ってこと？」

それはまるで、魔法《まほう》のように。

「りくつの上《うえ》ではな。ただし、制約《せいやく》も多《おお》い」

授業《じゅぎょう》を聞《き》く生徒《せいと》のように、ひざをかかえて座《すわ》った直実《なおみ》に、〝先生《せんせい》〟は説明《せつめい》を続《つづ》ける。

「まず、直接《ちょくせつ》ふれている部分《ぶぶん》しか書《か》きかえられない。はなれた場所《ばしょ》にものを創《つく》ったりはできない。それから、水《みず》とか、さっきの消《け》しゴムみたいにひとつの材料《ざいりょう》からできてるものは、変《か》えるのも創《つく》るのも簡単《かんたん》だが、逆《ぎゃく》に、複雑《ふくざつ》な構造《こうぞう》のものは時間《じかん》がかかるし、イメージもむずかしい」

「なるほど」

「一番処理《いちばんしょり》が困難《こんなん》なのは〝生体《せいたい》〟だ」

「……生《い》き物《もの》？」

「生命体《せいめいたい》はつねに変化《へんか》しつづけてるからな。情報量《じょうほうりょう》がとにかく多《おお》い」

ナオミは、まさに学校《がっこう》の先生《せんせい》のように、直実《なおみ》を指《ゆび》さした。

「人体《じんたい》の中《なか》で、もっとも情報量《じょうほうりょう》の多《おお》い部分《ぶぶん》は？」

直実《なおみ》は、少《すこ》し考《かんが》えてから答《こた》える。

「……脳《のう》？」

「正解《せいかい》だ」

よくできました、と言《い》うように、ナオミはうなずいた。

「人間精神《にんげんせいしん》は情報密度《じょうほうみつど》の極致《きょくち》だ。〈神の手《グッドデザイン》〉といえども、さすがにいじれない」

「……つまり、これで人《ひと》の心《こころ》を書《か》きかえたりはできないってことですね」

手《て》ぶくろを見《み》つめながら、直実《なおみ》がつぶやく。ナオミは、ニヤリと笑《わら》った。

「ああ。そっちのほうは、俺《おれ》の仕事《しごと》だ」

そう言《い》って、白《しろ》いコートの胸《むね》もとから彼《かれ》が取《と》り出《だ》したのは、1冊《さつ》のノートだった。

どこにでもあるようなそのノートの表紙《ひょうし》には、太字《ふとじ》で『最強《さいきょう》マニュアル』と書《か》かれている。

ナオミは、ノートをぱらぱらと開《ひら》き、あるページで手《て》を止《と》める。

「今日《きょう》は4月20日《がつはっか》——この日《ひ》の俺《おれ》は、16時《じ》ごろ、学校前《がっこうまえ》のバス停《てい》から北図書館《きたとしょかん》にしかない蔵書《ぞうしょ》を借《か》りるためにバスに乗《の》った。そこで、俺《おれ》と彼女《かのじょ》の距離《きょり》が一歩《いっぽ》縮《ちぢ》まる出来事《できごと》があったんだ」

どうやらそれは、ナオミにとっての過去《かこ》——直実《なおみ》にとっては未来《みらい》の出来事《できごと》が細《こま》かく記《しる》されたノートらしい。

「つまり、昔《むかし》の〝先生《せんせい》〟がやったとおりに行動《こうどう》すれば、一行《いちぎょう》さんと恋人同士《こいびとどうし》になれると?」

身《み》を乗《の》り出《だ》しかけて、直実《なおみ》は首《くび》をかしげる。

「……っていうか、それなら、なにもしないでほっといてくれるのが一番《いちばん》なのでは?」

直実《なおみ》がナオミの過去《かこ》なら、勝手《かって》にそのままの展開《てんかい》になるはずなのではないだろうか?

しかし、ナオミは首《くび》をふった。

「俺《おれ》とおまえが接触《せっしょく》した段階《だんかい》で、記録《きろく》の変化《へんか》は始《はじ》まっている。ほっといたらどれだけズレるかわからん。積極的《せっきょくてき》に合《あ》わせていく必要《ひつよう》があるんだ」

「……ははあ……」

なんとなく違和感《いわかん》があった。なにか、うまく言《い》いくるめられているような感《かん》じがした。

だが、それは、ナオミのつぎのセリフで吹《ふ》き飛《と》んでしまう。

「まあまかせておけ。おまえはこのとおりにするだけでいい――未来《みらい》が書《か》かれた、最強《さいきょう》のマニュアルどおりにな」

「最強《さいきょう》の……マニュアル……!」

そのとおりに行動《こうどう》するだけで、結果《けっか》がついてくる。正解《せいかい》が書《か》かれている。

いつもびくびくと決断《けつだん》できない直実《なおみ》には、それはあまりにも魅力的《みりょくてき》だった。

直実《なおみ》は目《め》をかがやかせ、さっき感《かん》じた違和感《いわかん》も忘《わす》れて、こんどこそ身《み》を乗《の》り出《だ》した。

「どうすればいいんですか先生《せんせい》っ！」

HELLO WORLD

ハロー・ワールド

京《きょう》都《と》市《し》立《りつ》錦《にしき》高《こう》等《とう》学《がっ》校《こう》

私《わたし》たちが通《かよ》っている高校《こうこう》だよ。図書委員《としょいいん》だから図書室《としょしつ》を中心《ちゅうしん》に紹介《しょうかい》するね。

錦高校《にしきこうこう》 正門《せいもん》

錦高校《にしきこうこう》2F図書室《としょしつ》

錦高校《にしきこうこう》1F図書館前廊下《としょかんまえろうか》

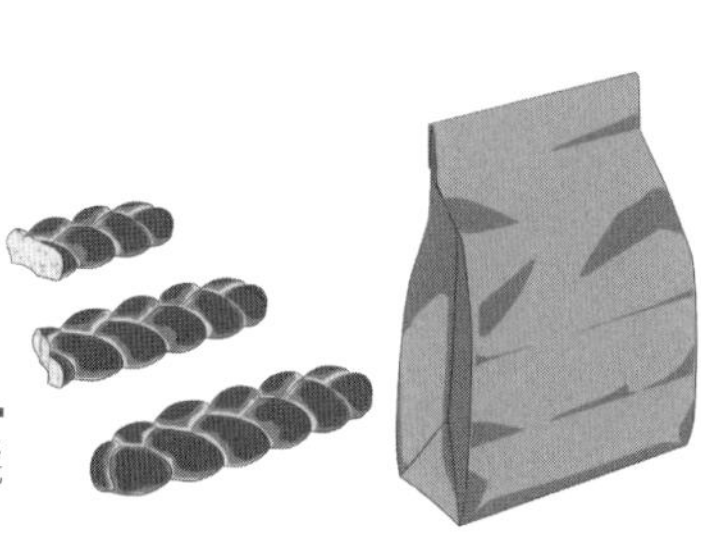

ねじりパン

➡購買部《こうばいぶ》で売《う》っているパンのひとつ。人気《にんき》が低《ひく》く売《う》れ残《のこ》ることが多《おお》いが、瑠璃《るり》の評価《ひょうか》は高《たか》い。

04／近《ちか》づく距《きょ》離《り》

その日《ひ》の放課後《ほうかご》——直実《なおみ》は、北図書館《きたとしょかん》に行《い》くため学校前《がっこうまえ》からバスに乗《の》った。肩《かた》にカラスを乗《の》せたナオミもいっしょにいるが、もちろん周《まわ》りの人々《ひとびと》には見《み》えない。

直実《なおみ》は、スマホで通話《つうわ》をしているふうに見《み》せかけながら、となりに立《た》つナオミを見上《みあ》げた。

「……で、これからどうすればいいんですか、先生《せんせい》」

「うむ。まず、いつもどおり本《ほん》を出《だ》せ」

言《い》われるままに、直実《なおみ》はカバンから、いま読《よ》んでいる文庫本《ぶんこぼん》を取《と》り出《だ》した。

「開《ひら》け」

読《よ》みかけのページを開《ひら》く。

「落《お》とせ」

直実《なおみ》はすなおに本《ほん》から手《て》をはなした。パタン、と本《ほん》が床《ゆか》に落《お》ちる音《おと》がする。

「拾《ひろ》え」

なにをさせられているんだろう、と首《くび》をかしげながら、直実《なおみ》は落《お》ちた本《ほん》を拾《ひろ》うためにしゃがんだ。だが、そのときバスにブレーキがかかり、文庫本《ぶんこぼん》が床《ゆか》をすべっていく。

「え……」

そのままの姿勢《しせい》で一歩足《いっぽあし》をふみ出《だ》したところで、また大《おお》きくゆれた。どこかのバス停《てい》についたらしい。ふんばりがきかずよろめいたとたん、なにかやわらかいものにぶつかった。

「……？」

あわてて顔《かお》をあげると、冷《つめ》たい視線《しせん》が突《つ》きささってくる。

「いちぎょう……さん……」

それは、一行瑠璃《いちぎょうるり》だった。背《せ》を向《む》けて立《た》っていた瑠璃《るり》のおしりに、直実《なおみ》は顔《かお》から突《つ》っこんでしまったのだ。

「す、すみませ……」

あやまる前《まえ》に、いきなり平手打《ひらてう》ちが飛《と》んできた。左《ひだり》ほほを押《お》さえて絶句《ぜっく》する直実《なおみ》に言《い》いわけするスキもあたえず、瑠璃《るり》はバスを降《お》りていってしまった。

「ま、待《ま》って、一行《いちぎょう》さん！」

あわててかけ降《お》りたが、もうおそい。瑠璃《るり》の姿《すがた》は曲《ま》がり角《かど》の向《む》こうに消《き》えていた。

「よし」

となりでなぜかナオミが満足《まんぞく》そうにうなずいている。

「よし、じゃないですよ！　明《あき》らかに好感度下《こうかんどさ》がってるんですけど！　どこが最強《さいきょう》マニュアルなんですか！　どうすんですこれ！」

まくしたてる直実《なおみ》に、ナオミは落《お》ち着《つ》きはらって言《い》った。

「あわてるな。これも必要《ひつよう》な工程《こうてい》だ」

直実《なおみ》の足《あし》もとの地面《じめん》を指《ゆび》さす。

そこには、クジャクの羽《はね》と花《はな》がからみ合《あ》うデザインの、青《あお》いしおりが落《お》ちていた。

HELLO WORLD

「あの……一行《いちぎょう》さん」

翌日《よくじつ》の放課後《ほうかご》には、図書委員会《としょいいんかい》があった。

委員《いいん》たちが集《あつ》まりつつある図書室《としょしつ》で、直実《なおみ》は勇気《ゆうき》をふりしぼり、一行瑠璃《いちぎょうるり》に声《こえ》をかける。

「昨日《きのう》はその……すいません。バスで、これ、拾《ひろ》おうとしてて……」

そう言《い》いながら拾《ひろ》ったしおりをさしだすと、瑠璃《るり》の顔《かお》からきびしさが消《き》えた。

「探《さが》していました」

彼女《かのじょ》は席《せき》から立《た》ち上《あ》がると、直実《なおみ》に向《む》かって、深々《ふかぶか》と頭《あたま》を下《さ》げた。

「あのときは、話《はなし》も聞《き》かず、すみません」

「い、いえ、僕《ぼく》のほうこそ、もっとちゃんと説明《せつめい》しておけば——はい、これ」

しおりを受《う》け取《と》った瑠璃《るり》は、まっすぐ直実《なおみ》の目《め》を見《み》て、ありがとうございます、と言《い》った。まともに正面《しょうめん》から顔《かお》を見合《みあ》わせたのは、これが初《はじ》めてのような気《き》がする。

(左目《ひだりめ》の下《した》にほくろがあるんだな……)

いつもけわしかった彼女《かのじょ》の表情《ひょうじょう》も、いくらかやわらいだようだった。

少《すこ》しはなれた席《せき》に座《すわ》りながら、直実《なおみ》は、また生《き》まじめな顔《かお》で本《ほん》を読《よ》みはじめた瑠璃《るり》を、そっと見《み》つめる。

「……多少《たしょう》なりともお近《ちか》づきになれたかな……」

「多少《たしょう》、だな」

だれにも聞《き》かれないほど小《ちい》さな声《こえ》だったのに、いきなりとなりから返事《へんじ》が来《き》て、直実《なおみ》はぎょっとする。いつのまにかそこにナオミが座《すわ》っていた。

きびしい言葉《ことば》にムッとして顔《かお》を見《み》ると、彼《かれ》は笑《わら》う。

「まあ焦《あせ》るな。恋《こい》は始《はじ》まったばかりだ」

そうして、ナオミは、これから起《お》こるいくつかの出来事《できごと》について、【正解《せいかい》】を教《おし》えてくれた。

① 4月《がつ》23日《にち》 金曜日《きんようび》
学校《がっこう》から帰《かえ》ったらすぐに、図書委員会《としょいいんかい》から〈Wiz《ウィズ》〉に連絡《れんらく》が入《はい》る。【月曜《げつよう》の本《ほん》だなそうじのため、ぞうきん各自持参《かくじじさん》すること】という内容《ないよう》。

住所《じゅうしょ》しか知《し》らない瑠璃《るり》に連絡《れんらく》をとるためには、すぐに紙《かみ》の「手紙《てがみ》」を書《か》いて速達《そくたつ》で出《だ》す。

月曜《げつよう》には礼《れい》を言《い》われるので、笑《わら》って応対《おうたい》すること。

② 5月6日《がつむいか》 木曜日《もくようび》
瑠璃《るり》とふたりで図書当番《としょとうばん》。帰《かえ》りにバス停《てい》までいっしょに歩《ある》く。

バス停《てい》でわかれようとすると、瑠璃《るり》に「以前《いぜん》にバスがいっしょでしたが、あなたも同《おな》じ方向《ほうこう》なのでは？」と聞《き》かれるので、「あの日《ひ》は『推理《すいり》マガジン』を読《よ》むために北図書館《きたとしょかん》に行《い》こうとしていた」と説明《せつめい》すること――……。

「あっ、あの日《ひ》は北図書館《きたとしょかん》にっ！　この辺《へん》で『推理《すいり》マガジン』置《お》いてるのあそこだけなんでっ！」

バスに乗《の》ろうとしている瑠璃《るり》に、やたら力《りき》んだ様子《ようす》でそう言《い》う直実《なおみ》の姿《すがた》を、ナオミは、近《ちか》くのビルの上《うえ》に立《た》って見下《みお》ろしていた。

ここまで声《こえ》は聞《き》こえないし、瑠璃《るり》の顔《かお》も見《み》えないが、あのときのやりとりならいまでもはっきり思《おも》い出《だ》せる。

瑠璃《るり》は、そうですか、とそっけなく言《い》って、バスに乗《の》りこんでいった。

けれど、バスのドアが閉《し》まる前《まえ》にふりかえって、

『私《わたし》も、毎月《まいつき》あそこで読《よ》んでいます』

と言《い》ったのだ。

そのとき、たしかに彼女《かのじょ》は、かすかにほほえんだ。

あれが、初《はじ》めて見《み》た、彼女《かのじょ》の笑顔《えがお》だった。

そうだ。覚《おぼ》えている。彼女《かのじょ》のことならなんだって。どんなささいなことだって。

ぞうきん持参《じさん》の手紙《てがみ》を出《だ》したときは、週明《しゅうあ》けの月曜日《げつようび》、とてもていねいに礼《れい》を言《い》われた。そして家《いえ》に帰《かえ》ると、ポストに瑠璃《るり》から封筒《ふうとう》が届《とど》いていた。中《なか》には「連絡《れんらく》ありがとうございました」と書《か》かれた便《びん》せんが1枚入《まいはい》っていて、思《おも》わず笑《わら》ってしまった。

月曜《げつよう》に会《あ》うほうが先《さき》に決《き》まっているのに、彼女《かのじょ》はまじめに、返事《へんじ》の手紙《てがみ》を書《か》いていたのだ。変《か》わった人《ひと》だ。だけど、いつも真剣《しんけん》で、とてもおもしろい人《ひと》。

そうして、自分《じぶん》は少《すこ》しずつ、瑠璃《るり》にひかれていった。

だから、いま、過去《かこ》の自分《じぶん》である直実《なおみ》が、どんな気持《きも》ちになっているのかも、全部《ぜんぶ》ナオミにはお見通《みとお》しなのだ。

腕《うで》に止《と》まっているカラスに目《め》をやる。その首《くび》の後《うし》ろには、カウンターが表示《ひょうじ》されていた。

その目《め》もりが、カチ、とひとつ増《ふ》える。

ついこのあいだまでゼロだった。しおりの件《けん》でひとつ。手紙《てがみ》の件《けん》でひとつ。そして、『推理《すいり》マガジン』でまたひとつ。

瑠璃《るり》の、直実《なおみ》に向《む》ける好意《こうい》もまた、少《すこ》しずつ増《ふ》えていっている――……。

そのとき、ナオミの目《め》の前《まえ》の空間《くうかん》に、黄色《きいろ》い三角《さんかく》が浮《う》かび上《あ》がった。なんらかの注意事項《ちゅういじこう》を示《しめ》すアラートだ。ナオミはハッとして、目《め》の前《まえ》に指《ゆび》で輪《わ》を作《つく》る。

指《ゆび》の輪《わ》を通《とお》してあたりを見回《みまわ》すと——道路《どうろ》の向《む》こう側《がわ》の歩道《ほどう》に、奇妙《きみょう》な人影《ひとかげ》。

「あれは……！」

一見《いっけん》すると、どこかの工事現場《こうじげんば》の作業員《さぎょういん》のような服装《ふくそう》の男《おとこ》。

だが——その首《くび》は、不自然《ふしぜん》に長《なが》く、前《まえ》に突《つ》き出《だ》されていた。

その男《おとこ》は、まるで、ナオミが見《み》ているのに気《き》づいたように足《あし》を止《と》め、体《からだ》ごとこちらに向《む》きなおる。

「！」

首《くび》の先《さき》にある顔《かお》は——真《ま》っ白《しろ》な、キツネの面《めん》。

だが、つぎの瞬間《しゅんかん》、もうその姿《すがた》は消《き》えていた。

HELLO WORLD

「先生《せんせい》！　これ見《み》てくださいよ！」

早朝《そうちょう》の雙ケ岡《ならびがおか》。たおれた木《き》に腰《こし》かけていたナオミのところに、ジャージ姿《すがた》の直実《なおみ》がかけよってくる。

「すごいでしょう！　鉄《てつ》ですよ鉄《てつ》！」

さし出《だ》した手《て》の上《うえ》には、ピンポン球《だま》ほどの黒《くろ》い球体《きゅうたい》が乗《の》っていた。直実《なおみ》が〈神の手《グッドデザイン》〉で創《つく》り出《だ》したものだ。

ナオミは指《ゆび》で作《つく》った輪《わ》を通《とお》してそれを見《み》る。

「密度《みつど》はじゅうぶんだな。不純物《ふじゅんぶつ》も少《すく》ない」

「毎日自主練習《まいにちじしゅれんしゅう》してるんですよ。鉄《てつ》が創《つく》れるって、ちょっとすごくないですか？」

直実《なおみ》は得意《とくい》げだったが、ナオミはいきなり空《そら》を指《ゆび》さした。その瞬間《しゅんかん》、上《うえ》から、バレーボールほどの鉄球《てっきゅう》がバラバラと降《ふ》ってくる。直実《なおみ》は悲鳴《ひめい》をあげて頭《あたま》をかかえしゃがみこんだ。

「映像《えいぞう》だ。俺《おれ》は実物《じつぶつ》は出《だ》せないと言《い》っただろう。ビビらないで対処《たいしょ》してみせろ。屋根《やね》を出《だ》すとか、穴《あな》をほるとか」

ナオミの言葉《ことば》と同時《どうじ》に、鉄球《てっきゅう》はかき消《き》えた。直実《なおみ》はため息《いき》をつく。

「そんな急《きゅう》に、無理《むり》ですよ！」

「無理《むり》？」

まだどこか真剣味《しんけんみ》のたりない直実《なおみ》にイライラしながら、ナオミは声《こえ》をあららげた。

「本番《ほんばん》でも同《おな》じことを言《い》うつもりか？　おまえは落雷《らくらい》から彼女《かのじょ》を守《まも》るために特訓《とっくん》してるってこと

を忘《わす》れたのか」

ハッとなった直実《なおみ》をにらみつけるように、ナオミは続《つづ》けた。

「どれだけ調整《ちょうせい》しても、影響《えいきょう》は必《かなら》ず出《で》る。事故《じこ》が落雷《らくらい》ではなくなる可能性《かのうせい》もある。おまえは、なにが起《お》こっても彼女《かのじょ》を守《まも》れるようにならなきゃいけない。なんでもできるようにならなきゃいけない。〈神の手《グッドデザイン》〉には、それだけの力《ちから》がそなわっている」

直実《なおみ》は、手《て》ぶくろをあらためて見《み》つめている。ナオミは、念《ねん》を押《お》すように言《い》った。

「あとはおまえしだいだ。鉄《てつ》ぐらい一瞬《いっしゅん》で創《つく》り出《だ》せると認識《にんしき》しろ。物語《ものがたり》の中《なか》のようにイメージを羽《は》ばたかせろ。どんなことでも可能《かのう》だと信《しん》じろ」

そうだ。すべてはこいつに――過去《かこ》の自分《じぶん》にかかっている。

「万物《ばんぶつ》を支配《しはい》してみせろ！」

あいつらが、来《く》る前《まえ》に。

HELLO WORLD

直実《なおみ》は、放課後《ほうかご》の図書室《としょしつ》で、本《ほん》だなの整理《せいり》をしている瑠璃《るり》を、後《うし》ろからそっとうかがっていた。

未来《みらい》の自分《じぶん》――ナオミの『最強《さいきょう》マニュアル』によれば、今日《きょう》、ここで、ふたりの距離《きょり》を大《おお》きく近《ちか》づける出来事《できごと》があるのだという。

瑠璃《るり》は、数冊《すうさつ》の本《ほん》をだきしめて、本《ほん》だなの前《まえ》に置《お》かれた脚立《きゃたつ》をじっと見《み》つめている。何度《なんど》も深《しん》呼吸《こきゅう》をし、それから覚悟《かくご》を決《き》めたように、一段《だん》一段《だん》、ステップを上《のぼ》っていった。

瑠璃《るり》は、ふるえる手《て》で、最上段《さいじょうだん》の本《ほん》だなにようやく本《ほん》をもどした。だが、そこで思《おも》わず下《した》を見《み》てしまったらしい。急《きゅう》にふらっと脚立《きゃたつ》から足《あし》をふみはずす。

すかさず、直実《なおみ》は真下《ました》へ飛《と》びこんだ。瑠璃《るり》の体《からだ》をかろうじて受《う》け止《と》めるが、ふたりいっしょに床《ゆか》にたおれこんでしまった。

ぐえっ、と変《へん》な声《こえ》が出《で》そうになるのをのみこんで、なんとか身《み》を起《お》こし、意識《いしき》がもうろうとしている瑠璃《るり》をかかえ起《お》こすと、肩《かた》を貸《か》して図書室《としょしつ》のとなりの準備室《じゅんびしつ》に連《つ》れていく。

窓《まど》ぎわのソファに寝《ね》かせて、額《ひたい》にぬれたハンカチを乗《の》せてやると、ようやく彼女《かのじょ》は口《くち》を開《ひら》いた。

「すいません……高《たか》いところは昔《むかし》から苦手《にがて》なんです……ほんの1メートルほどでも足《あし》がすくんでしまって……」

いつもとまるでちがう、気弱《きよわ》そうな声《こえ》で言《い》う。

「図書委員《としょいいん》として、そうも言《い》っていられないので、やってやろうと思《おも》ったのですが、やはりダメでした……」

「だれにでも苦手《にがて》なものはありますよ」

直実《なおみ》は、校内《こうない》の販売機《はんばいき》で買《か》ってきた紙《かみ》パックのジュースを、瑠璃《るり》のそばのテーブルに置《お》きながら言《い》った。

「こんどから、上段《じょうだん》の本《ほん》だなは、僕《ぼく》がやりますから」

「ならば、私《わたし》は下段《げだん》を」

瑠璃《るり》はあわてて身《み》を起《お》こす。直実《なおみ》は首《くび》をふった。

「下段《げだん》は大判本《おおばんぼん》ばかりだから重《おも》いですよ。僕《ぼく》がやります」

「なら、中段《ちゅうだん》を」

「……じゃあ、それで」

直実《なおみ》がうなずくと、瑠璃《るり》もまじめな顔《かお》でうなずいた。そして、テーブルからジュースを取《と》り、ていねいに「いただきます」と一礼《いちれい》して、真剣《しんけん》な表情《ひょうじょう》で飲《の》みはじめる。

直実《なおみ》の胸《むね》に、温《あたた》かい気持《きも》ちが広《ひろ》がった。

いっしょに図書委員《としょいいん》をしていると、彼女《かのじょ》のまじめさや、強《つよ》さを目《め》にすることが多《おお》い。

たとえば——飲食禁止《いんしょくきんし》の図書室《としょしつ》に、食《た》べ物《もの》を持《も》ちこんだり、大声《おおごえ》でおしゃべりをしている生徒《せいと》がいると、瑠璃《るり》はまったくためらわず注意《ちゅうい》しに行《い》く。それがたとえ3年《ねん》の先輩《せんぱい》であってもだ。

そんな強《つよ》さと、高所恐怖症《こうしょきょうふしょう》というギャップ。口《くち》をとがらせてストローをくわえている顔《かお》。

かわいいな……と、すなおに思《おも》えた。

最初《さいしょ》に、「かわいい系《けい》じゃない」と自分《じぶん》が言《い》ったとき、ナオミがものすごくおこっていたのが、いまならわかる気《き》がした。

HELLO WORLD

自分《じぶん》の部屋《へや》でスマホをながめていた直実《なおみ》は、いきなり頭《あたま》を例《れい》のカラスにつつかれた。

「いたっ！」

「なにニヤついてんだ」

目《め》の前《まえ》に立《た》っているナオミにつっこまれ、直実《なおみ》は思《おも》わずとりつくろう。

「ニヤついてなんかないですよ！」

スマホには、〈Wiz《ウィズ》〉の、赤《あか》い糸《いと》でつながったフレンドグループが表示《ひょうじ》されている。一番新《いちばんあたら》しい登録名《とうろくめい》は【一行瑠璃《いちぎょうるり》】だ。今日《きょう》、デジタル音痴《おんち》の瑠璃《るり》にいろいろ聞《き》かれて、彼女《かのじょ》の〈Wiz《ウィズ》〉の設定《せってい》を手伝《てつだ》い、ついにアカウントを登録《とうろく》したのである。

「よかったな」

ナオミがからかうように言《い》った。直実《なおみ》は、照《て》れて笑《わら》う。

「先生《せんせい》のマニュアルのおかげです」

あの日以来《ひいらい》、直実《なおみ》と瑠璃《るり》の距離《きょり》はぐんと縮《ちぢ》まった。

本《ほん》だなの上段《じょうだん》・中段《ちゅうだん》・下段《げだん》で作業《さぎょう》を分担《ぶんたん》するというのは、とても効率《こうりつ》が悪《わる》かったのだが、その分《ぶん》、瑠璃《るり》との会話《かいわ》が増《ふ》えたからだ。

この本《ほん》は上段《じょうだん》か中段《ちゅうだん》か、それは下段《げだん》だけど軽《かる》いからだいじょうぶ、などと話《はなし》をしているうちに、少《すこ》しずつうちとけて、ここ数日《すうじつ》はプライベートな話《はなし》もするようになってきたところだ。

「つぎはどうしたらいいですか？」

たずねると、ナオミは、ふん、と鼻《はな》で笑《わら》い、ふところから『最強《さいきょう》マニュアル』を取《と》り出《だ》して、かざしてみせた。

「いまの調子《ちょうし》で続《つづ》けていけば、すべてうまくいく。この情報《じょうほう》があるかぎり、おまえと瑠璃《るり》のカップル成立《せいりつ》は保証《ほしょう》されているんだからな」

ナオミはそう言《い》うと、ノートを開《ひら》いた。

「……そうだな。つぎの転機《てんき》は――来月《らいげつ》の『チャリティ古本市《ふるほんいち》』だ」

「古本市《ふるほんいち》？」

「図書委員《としょいいん》としては1年《ねん》で一番大《いちばんおお》きな行事《ぎょうじ》だが、俺《おれ》たちにとっても重大《じゅうだい》な出来事《できごと》になる」

「僕《ぼく》はどうしたらいいんでしょうか」

身《み》を乗《の》り出《だ》してたずねると、ナオミは、なんだか少《すこ》し、ふくみがありそうな顔《かお》で笑《わら》った。

「まあ、準備《じゅんび》の段階《だんかい》では取《と》り立《た》ててなにもない。もし進路《しんろ》をはずれそうになったら俺《おれ》が修正《しゅうせい》する。行事《ぎょうじ》の流《なが》れについてはそのうち図書委員会《としょいいんかい》で委員長《いいんちょう》から説明《せつめい》があるだろう」

「わ、わかりました」

うなずいたとたんに、いきなりナオミがさけんだ。

「金《きん》！」

「！」

直実《なおみ》はあわてて〈神の手《グッドデザイン》〉をはめた右手《みぎて》のひらを上《うえ》に向《む》ける。言《い》われたものをすぐ出《だ》せるように特訓中《とっくんちゅう》なのだ。

「ぐうううううう！」

左手《ひだりて》で右手首《みぎてくび》をつかみ、手《て》のひらに意識《いしき》を集中《しゅうちゅう》する。じわじわと金色《きんいろ》の球体《きゅうたい》が形作《かたちづく》られてきたが――……。

「おそい！」

ナオミの声《こえ》とともに、手《て》ぶくろの姿《すがた》からもどったカラスが頭《あたま》をガガン！　とつついた。

ふたりは知《し》らない。

直実《なおみ》の家《いえ》がある団地《だんち》の庭《にわ》に、そのとき、キツネの面《めん》をつけた作業服姿《さぎょうふくすがた》の男《おとこ》が立《た》っていたことを。

そして、その男《おとこ》がじっと――直実《なおみ》の部屋《へや》を見上《みあ》げていたことを。

HELLO WORLD

ハロー・ワールド

キツネ面《めん》

何《なん》ですか、これは。私《わたし》には見《み》えません。堅書《かたがき》さんには見《み》えていたようですが……。

＜アルタラ＞内《ない》の異物《いぶつ》を排除《はいじょ》し、発生《はっせい》した異常《いじょう》を修復《しゅうふく》しようとする存在《そんざい》。一般《いっぱん》の人《ひと》には見《み》えない。

側面姿《そくめんすがた》

仮面《かめん》

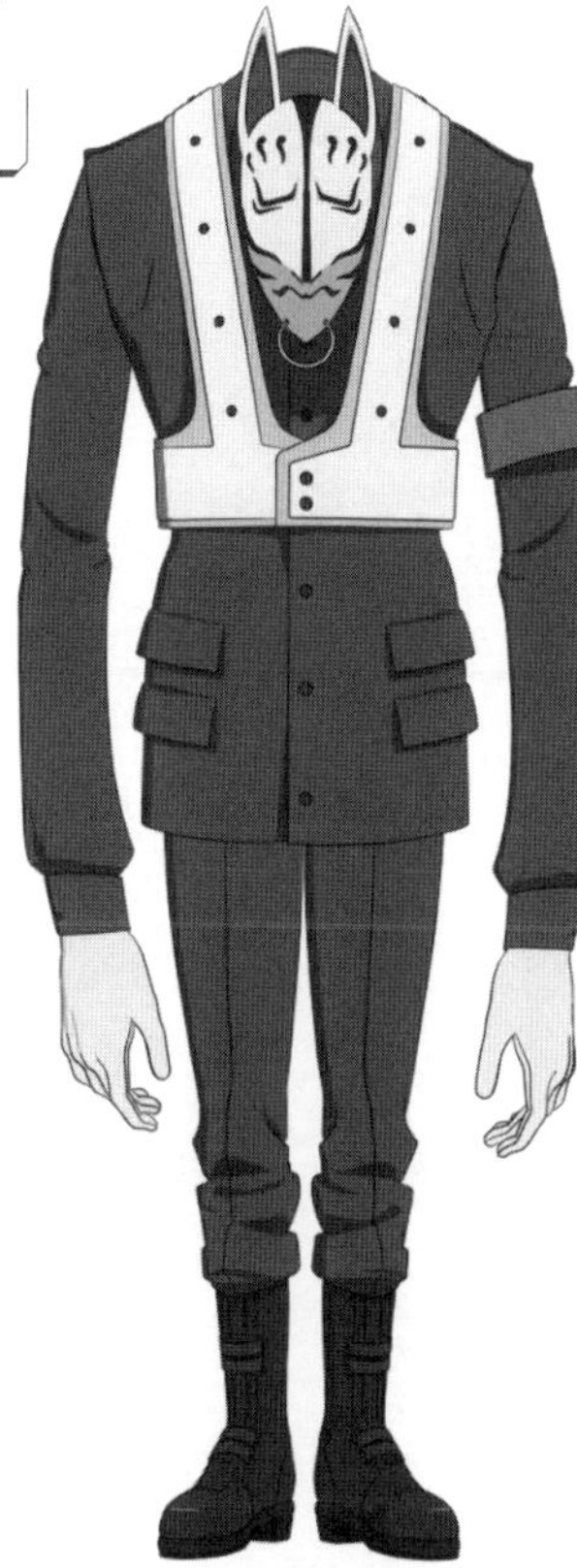

正面姿《しょうめんすがた》

後《うし》ろ姿《すがた》

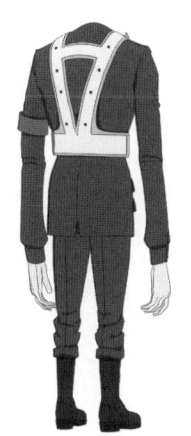

05／古本市《ふるほんいち》

「……というわけで、今月《こんげつ》25日《にち》に、図書委員会主催《としょいいんかいしゅさい》のチャリティ古本市《ふるほんいち》があります。うちで一番《いちばん》大《おお》きな行事《ぎょうじ》で、今日《きょう》から本《ほん》を集《あつ》めて、当日売《とうじつう》ります」

6月《がつ》に入《はい》ってすぐの図書委員会《としょいいんかい》。ホワイトボードの前《まえ》に立《た》ち、委員長《いいんちょう》が説明《せつめい》を始《はじ》めた。このあいだナオミが言《い》ったとおりだ。

図書室《としょしつ》と各教室《かくきょうしつ》に提供《ていきょう》ボックスを設置《せっち》して、生徒《せいと》たちから本《ほん》の寄付《きふ》をつのること。先生《せんせい》たちにも協力《きょうりょく》してもらうこと。あまりにもよごれている本《ほん》はダメだが、多少破《たしょうやぶ》れているぐらいなら直《なお》して売《う》ること。

委員長《いいんちょう》が話《はな》しているのを聞《き》きながら、女子《じょし》たちはひそひそと雑談《ざつだん》している。

「売《う》るってことは……私《わたし》たちが売《う》り子《こ》さんってことだよね」

「売《う》り子《こ》さんって、だいたい服《ふく》かわいいよね」

そう言《い》ったのは図書委員会《としょいいんかい》のアイドル、勘解由小路三鈴《かでのこうじみすず》である。

「なんか、文学作品《ぶんがくさくひん》のヒロインのコスプレとか楽《たの》しいんじゃない？」

「いいかもー」

はしゃぐ女子《じょし》たちをチラ見《み》して、男子《だんし》もソワソワしている。三鈴《みすず》のコスプレ売《う》り子《こ》が見《み》られるとあっては、期待《きたい》が高《たか》まるというものだ。

「ねえ、るりりもやろー」

三鈴《みすず》は瑠璃《るり》にも声《こえ》をかけた。瑠璃《るり》はつれなく断《ことわ》る。

「やりません。あと、その呼《よ》びかたやめてくださいって言《い》いましたよね」

人《ひと》なつっこい三鈴《みすず》が、じゃあルーリーは？　ルリリーヌは？　と食《く》い下《さ》がり、ことごとく瑠璃《るり》に断《ことわ》られているのを横目《よこめ》で見《み》ながら、直実《なおみ》はだんだん楽《たの》しい気持《きも》ちになってきた。

(先生《せんせい》も――この行事《ぎょうじ》は俺《おれ》たちにとっても大事《だいじ》な出来事《できごと》になるって言《い》っていたし)

そう思《おも》うと、急《きゅう》にやる気《き》がもりあがってくる。

(がんばろう……！)

直実《なおみ》は、心《こころ》の中《なか》でひっそりとつぶやいた。

――だが。なかなかに物事《ものごと》は、思《おも》いどおりにはいかないものだ。

直実《なおみ》たちの教室《きょうしつ》に、本《ほん》の提供箱《ていきょうばこ》を設置《せっち》してから10日以上《とおかいじょう》たっても、箱《はこ》の中《なか》に入《はい》っていたのはたった2冊《さつ》。

ほかのクラスや、図書室《としょしつ》に置《お》いた箱《はこ》も似《に》たようなものだった。

「委員長《いいんちょう》も、そんなに集《あつ》まらないって言《い》ってましたしね……」

直実《なおみ》はため息《いき》をつきながら、となりの瑠璃《るり》を見《み》た。

「いいえ。集《あつ》めると決《き》めたからには、中途半端《ちゅうとはんぱ》はいけません」

あきらめ半分《はんぶん》の直実《なおみ》とはちがい、瑠璃《るり》は強《つよ》い表情《ひょうじょう》でこぶしをにぎりしめる。

「やってやりましょう」

いつものようにきっぱりと瑠璃《るり》は言《い》う。直実《なおみ》もつられてうなずいた。

「でも……具体的《ぐたいてき》にどう……」

「まず、職員室《しょくいんしつ》で先生方《せんせいがた》に、個別《こべつ》にお願《ねが》いしましょう。校内《こうない》のポスターも増《ふ》やしたいですね。それから……」

真剣《しんけん》な顔《かお》で指《ゆび》を折《お》る瑠璃《るり》の顔《かお》に、直実《なおみ》は思《おも》わず見《み》とれる。

(そうだ。僕《ぼく》もちゃんと考《かんが》えないと……)

「校外《こうがい》にも呼《よ》びかけてみましょうか。人《ひと》の集《あつ》まるところに箱《はこ》を置《お》かせてもらうとか……」

直実《なおみ》の提案《ていあん》に、瑠璃《るり》はわずかにほほえんだ。

「そうですね。がんばりましょう」

そして、また1週間《しゅうかん》がたった。

【チャリティ古本市《ふるほんいち》　現在《げんざい》37冊《さつ》】

図書室《としょしつ》のホワイトボードの前《まえ》で、瑠璃《るり》は顔《かお》をしかめている。

「あと3日《みっか》……」

ふたりは、毎日《まいにち》いっしょにあちこちを回《まわ》り、いろいろな人《ひと》に頭《あたま》を下《さ》げて、古本《ふるほん》を提供《ていきょう》してもらった。中《なか》にはよくわかっていない人《ひと》もいて、古新聞《ふるしんぶん》の束《たば》を押《お》しつけられそうになったりもした。

そうして苦労《くろう》して集《あつ》めて、ようやく37冊《さつ》。瑠璃《るり》はまったく満足《まんぞく》していない様子《ようす》だ。

「まあ、集《あつ》まったほうじゃない？」

通《とお》りかかった委員長《いいんちょう》がなぐさめるように声《こえ》をかけてきた。

「家《いえ》にあったら足《た》しといてよ」

委員長《いいんちょう》は最初《さいしょ》からあまり期待《きたい》していなかったのだろう。そう言《い》うとまた足早《あしばや》に去《さ》っていく。

瑠璃《るり》はそれを見送《みおく》ってから、そうか、という顔《かお》になって、直実《なおみ》を見《み》た。

「……そうしましょうか」

「こっちです」

大《おお》きな木戸《きど》を引《ひ》きあけて、瑠璃《るり》が歩《ある》き出《だ》す。直実《なおみ》はただ圧倒《あっとう》されてあたりを見回《みまわ》した。

下鴨《しもがも》の古《ふる》い住宅街《じゅうたくがい》にある瑠璃《るり》の家《いえ》は、板《いた》べいに囲《かこ》まれた大《おお》きな日本家屋《にほんかおく》だった。白《しろ》い玉砂利《たまじゃり》を敷《し》いた広《ひろ》い庭《にわ》には飛《と》び石《いし》が続《つづ》き、大《おお》きな池《いけ》もある。

おろおろしながら瑠璃《るり》についていくと、彼女《かのじょ》は庭《にわ》を横切《よこぎ》り、母屋《おもや》の裏手《うらて》に回《まわ》った。そこに建《た》っている蔵《くら》のカギをあけ、瑠璃《るり》は中《なか》へ入《はい》っていく。

「ここは、亡《な》くなった祖父《そふ》が使《つか》っていた部屋《へや》です」

1階《かい》はどうみても物置《ものおき》だったが、瑠璃《るり》はそこを素通《すどお》りし、2階《かい》への階段《かいだん》を上《あ》がった。

ぎしぎしときしむ木《き》の階段《かいだん》の上《うえ》は――まるで図書館《としょかん》だった。

壁《かべ》は、すべてが本《ほん》だなにおおいつくされ、入《はい》りきらなかった本《ほん》が床《ゆか》にも積《つ》まれている。

「す、すごい……」

本好《ほんず》きな直実《なおみ》は、思《おも》わず本《ほん》だなのひとつにかけよった。古《ふる》い紙《かみ》と木《き》がまじった、なつかしいようなにおいが鼻《はな》をくすぐる。

「祖父《そふ》が集《あつ》めた本《ほん》です。雑多《ざった》に読《よ》みあさっていただけなので、値段《ねだん》のつくようなものはないと思《おも》いますが……」

瑠璃《るり》の言《い》うとおり、本《ほん》のジャンルはさまざまだった。小説《しょうせつ》、児童文学《じどうぶんがく》、学術書《がくじゅつしょ》、図鑑《ずかん》。中《なか》には旧仮名《きゅうかな》づかいのものもあった。見《み》ているだけでわくわくしてくる。

瑠璃《るり》もなつかしそうに本《ほん》だなをながめていたが、やがて言《い》った。

「……ここから本《ほん》を提供《ていきょう》しましょう。ひとりであまりたくさん持《も》っていくのもどうかと思《おも》っていたのですが、やると決《き》めたからには、できることはなんでもやらなければ」

「いいんですか？　おじいさんの——一行《いちぎょう》さんの大切《たいせつ》な本《ほん》なんじゃ……」

直実《なおみ》の言葉《ことば》に、瑠璃《るり》の顔《かお》は一瞬《いっしゅん》くもった。

「もちろん、人手《ひとで》にわたるのがおしい気持《きも》ちもありますが……」

しかし、すぐに、小《ち》さくほほえむ。

「祖父自身《そふじしん》、それをおこるような人《ひと》ではありませんでしたし——なにより、私《わたし》だけでは読《よ》みきれません。本《ほん》も、読《よ》んでもらえたほうがうれしいでしょう」

直実《なおみ》も笑《わら》った。

「そうですね――じゃあ……どうやって運《はこ》びましょうか」

「……！」

ふたりは思《おも》わず顔《かお》を見合《みあ》わせる。

「どうやって……運《はこ》びましょうか……？」

高校生《こうこうせい》のふたりは、もちろん車《くるま》など運転《うんてん》できない。自転車《じてんしゃ》にはとうてい積《つ》みきれない。宅配便《たくはいびん》などはお金《かね》がかかりすぎる。

しばらくふたりはそのまま固《かた》まっていたが、やがて、ハッと瑠璃《るり》が手《て》をたたいた。

「下《した》の物置《ものおき》に、リヤカーがあった気《き》がします」

HELLO WORLD

本《ほん》を山積《やまづ》みしたリヤカーは、思《おも》ったよりずっと重《おも》かった。

直実《なおみ》が前《まえ》を引《ひ》き、瑠璃《るり》が後《うし》ろを押《お》して、うんうんとうめきながら学校《がっこう》への道《みち》を進《すす》む。

「……やって……やりましょう……」

それが口《くち》ぐせなのだろう。瑠璃《るり》は何度《なんど》もそうつぶやきながら、リヤカーを押《お》しつづけた。

直実《なおみ》も負《ま》けるわけにはいかない。あせだくになりながら足《あし》をふみだす。

とはいえ、瑠璃《るり》の家《いえ》から高校《こうこう》まではかなりの距離《きょり》がある。6月下旬《がつげじゅん》の日《ひ》ざしとむし暑《あつ》さはたえがたく、半分《はんぶん》もいかないうちに、ふたりとも限界《げんかい》に達《たっ》してしまった。

鴨川《かもがわ》べりのベンチに座《すわ》り、近《ちか》くの自動販売機《じどうはんばいき》で飲《の》み物《もの》を買《か》って、ようやく一息《ひといき》つく。

「堅書《かたがき》さんは、どんな本《ほん》がお好《す》きですか」

ペットボトルのミネラルウォーターを飲《の》みながら、瑠璃《るり》がたずねた。直実《なおみ》は焦《あせ》る。

(まずい……知《し》らない質問《しつもん》……)

最近《さいきん》、ナオミはやたらといそがしそうにしていて、あまり直実《なおみ》の相談《そうだん》に乗《の》ってくれない。それに、直実自身《なおみじしん》も、このところの順調《じゅんちょう》さになれて、いちいちマニュアルを確認《かくにん》しようともしなくなっていた。

なにを答《こた》えるのが正解《せいかい》なのかわからない。

「僕《ぼく》は……わりとなんでも読《よ》みます……広《ひろ》く、浅《あさ》くな感《かん》じですけど……」

とりあえず、無難《ぶなん》な答《こた》えを返《かえ》す。

瑠璃《るり》は、そうですか、とうなずいてから、空《そら》を見上《みあ》げた。

「私《わたし》は、冒険小説《ぼうけんしょうせつ》が好《す》きなんです——けわしきにいどみ、あきらめず、最後《さいご》までやりとげる姿《すがた》にあこがれます。私《わたし》もそう生《い》きたい。そうありたい、と思《おも》うのです」

直実《なおみ》は、そう言《い》う瑠璃《るり》の横顔《よこがお》を、まぶしそうに見《み》た。

好《す》きなものを好《す》き、と言《い》い切《き》れる瑠璃《るり》。

冒険小説《ぼうけんしょうせつ》の主人公《しゅじんこう》のように生《い》きたいと望《のぞ》み、それを行動《こうどう》で示《しめ》している瑠璃《るり》。

それにくらべて——自分《じぶん》はどうだろう。

マニュアルで約束《やくそく》されたこと以外《いがい》、自信《じしん》を持《も》って口《くち》にすることもできない……。

「僕《ぼく》は……」

あまったるいミルクティーの缶《かん》をにぎりしめる。

「僕《ぼく》は、SFが好《す》きなんです」

勇気《ゆうき》をふりしぼり、直実《なおみ》は言《い》った。

「SFって、すごくすてきな、新《あたら》しい世界《せかい》を見《み》せてくれるんです。でも、それが夢物語《ゆめものがたり》じゃなくて、現実《げんじつ》にある技術《ぎじゅつ》や科学《かがく》の知識《ちしき》が、たしかにこの世界《せかい》の延長線上《えんちょうせんじょう》にありえることなんだって教《おし》えてくれる——だから、自分自身《じぶんじしん》も、まるで物語《ものがたり》の一部《いちぶ》みたいに思《おも》えて」

一気《いっき》にしゃべってから、急《きゅう》にはずかしくなって声《こえ》が小《ちい》さくなる。

「まあ、現実《げんじつ》の僕《ぼく》は、ただのエキストラですけど……だからその……全然《ぜんぜん》うまく説明《せつめい》できないですけど……」

笑《わら》ってごまかすように、最後《さいご》は口《くち》の中《なか》に消《き》えていく。

「だから……SFが、好《す》き、なんです……」

「そうですか」

瑠璃《るり》の、どこかそっけないような返事《へんじ》に、直実《なおみ》は血《ち》の気《け》が引《ひ》いた。失敗《しっぱい》したかと思《おも》い、あわてて顔《かお》をあげる。

瑠璃《るり》は、直実《なおみ》の顔《かお》をじっと見《み》ていた。そして、笑《わら》った。

「その感覚《かんかく》――私《わたし》もわかる気《き》がします」

ちょうど川面《かわも》から風《かぜ》が吹《ふ》きあげ、瑠璃《るり》の長《なが》い髪《かみ》を舞《ま》いあげた。木《こ》もれ日《び》。夏草《なつくさ》のにおい。川《かわ》の音《おと》。

白《しろ》い夏服《なつふく》にはえる瑠璃《るり》の笑顔《えがお》は、見《み》とれるほどに美《うつく》しかった。

思《おも》わず数秒《すうびょう》のあいだ見《み》つめ合《あ》ってしまい、直実《なおみ》はあわてて目《め》をそらす。

「…………」

リヤカーの一番上《いちばんうえ》に積《つ》まれていた1冊《さつ》の本《ほん》が、ふと目《め》にとまった。立派《りっぱ》なハードカバーの本《ほん》だったが、かなり古《ふる》いもののようだ。

壮大《そうだい》な表紙《ひょうし》の絵《え》と『大湖底都市《だいこていとし》』というタイトルに心引《こころひ》かれ、直実《なおみ》はそれを手《て》に取《と》る。

「この本《ほん》——ちょっと読《よ》みたいな」

「持《も》っていかれては？」

瑠璃《るり》が、どこかうれしそうに言《い》った。冒険小説《ぼうけんしょうせつ》のようなので、きっと彼女《かのじょ》も好《す》きなのだろう。

「じゃあ、当日《とうじつ》にお金《かね》はらって買《か》います」

パラパラと中身《なかみ》をめくっていくと、裏表紙《うらびょうし》の内側《うちがわ》に、小《ちい》さな紙《かみ》の封筒《ふうとう》がはりつけられているのに気《き》づく。その中《なか》には、書名《しょめい》と数人《すうにん》の名前《なまえ》が書《か》かれたカードがさしこまれていた。名前《なまえ》の横《よこ》には、昭和《しょうわ》の日付《ひづけ》が書《か》かれている。

「……貸出《かしだし》カードだ」

それは、まだコンピュータがなかったころ、図書館《としょかん》の本《ほん》の貸《か》し借《か》りを管理《かんり》するために使《つか》われていたカードだった。母《はは》の好《す》きな映画《えいが》に、このカードがきっかけになるラブストーリーがあったように思《おも》う。

「祖父《そふ》が、図書館《としょかん》でいらなくなった本《ほん》をもらってきたんでしょう」

瑠璃《るり》が、手《て》もとをのぞきこみながら言《い》う。直実《なおみ》は彼女《かのじょ》によく見《み》えるようにカードをかざした。

「使《つか》ったことないけど……なんかいいですよね」

「一番乗《いちばんの》りで読《よ》んで、最初《さいしょ》に名前《なまえ》が書《か》けたら、とても気持《きも》ちがいいだろうと思《おも》います」

瑠璃《るり》が笑《わら》う。直実《なおみ》も笑《わら》った。

ふたりの距離《きょり》はさっきよりずいぶん近《ちか》くなっていた。


ふたりが苦労《くろう》して持《も》ち帰《かえ》った本《ほん》は、図書委員《としょいいん》たちの大歓迎《だいかんげい》を受《う》けた。

翌日《よくじつ》、またみんなで瑠璃《るり》の家《いえ》に行《い》き、リヤカーに本《ほん》を山《やま》と積《つ》んで、交代《こうたい》で押《お》したり引《ひ》いたりしながら、楽《たの》しく運《はこ》んだ。

それまであまり話《はな》もしなかったほかの委員《いいん》たちとも、それがきっかけでずいぶんうちとけ、直《なお》実《み》は、ちょっと嬉《うれ》しかった。

——すべてがうまくいっているように見《み》えた。

HELLO WORLD

「……知《し》ってたなら、防《ふせ》げたんじゃないんですか……」

校舎《こうしゃ》の屋上《おくじょう》で、直実《なおみ》はしぼりだすように言《い》った。

見下《みお》ろした校門《こうもん》そばの駐輪場周辺《ちゅうりんじょうしゅうへん》に、立《た》ち入《い》り禁止《きんし》の黄色《きいろ》いテープがはりめぐらされている。現場検証《げんばけんしょう》の警官《けいかん》がまだうろうろしていた。焦《こ》げくさいにおいが、ここまでただよってきている。

昨日《きのう》、瑠璃《るり》の家《いえ》からみんなで持《も》ってきたたくさんの本《ほん》。

それらは、すべて灰《はい》になってしまった。

図書室《としょしつ》まで持《も》って上《あ》がるのがたいへんだからと、先生《せんせい》に許可《きょか》を取《と》って駐輪場《ちゅうりんじょう》のすみに積《つ》んでいたのがまずかった。いっしょに置《お》いた古本市《ふるほんいち》のノボリが風《かぜ》にあおられ、夜《よる》になると自動《じどう》で点灯《てんとう》する照明《しょうめい》にかぶさってしまったのだ。

照明《しょうめい》の熱《ねつ》で発火《はっか》したノボリから、火《ひ》は段《だん》ボールの上《うえ》にかぶせてあった新聞紙《しんぶんし》に燃《も》え移《うつ》り——近所《きんじょ》の人《ひと》の通報《つうほう》で消《け》し止《と》められたときには、もうおそかったのである。

燃《も》えたのはその一角《いっかく》だけで、校舎《こうしゃ》に燃《も》え移《うつ》らなかったのは不幸中《ふこうちゅう》の幸《さいわ》いといえた。

けれども——……。

「どうして教《おし》えてくれなかったんです。そこに置《お》いたらダメだって。火事《かじ》になるって！」

直実《なおみ》は、となりに立《た》っているナオミにつかみかかった。だが、もちろん彼《かれ》にふれることはできず、その手《て》はむなしく空《くう》を切《き》る。

「それをすれば記録《きろく》が変《か》わる」

ナオミは冷《つめ》たく言《い》った。

「これも必要《ひつよう》な工程《こうてい》だ。古本市《ふるほんいち》は中止《ちゅうし》になった。俺《おれ》は、落《お》ちこんだ彼女《かのじょ》をはげまそうと、必死《ひっし》に話《はな》しかけた——それが結果《けっか》として距離《きょり》を縮《ちぢ》めた。おまえもそうしろ」

そう言《い》うと、ナオミはさっさと背《せ》を向《む》け、屋上《おくじょう》から消《き》えてしまった。

ナオミの言《い》うことはもっともだ。自分《じぶん》たちの目的《もくてき》はあくまでも、花火大会《はなびたいかい》の事故《じこ》から瑠璃《るり》を救《すく》うこと。それ以外《いがい》の改変《かいへん》は最小限《さいしょうげん》にしなければならない。

でも。

ふたたび屋上《おくじょう》から駐輪場《ちゅうりんじょう》に目《め》をやる。

人《ひと》の居《い》なくなった現場《げんば》に、瑠璃《るり》が立《た》っているのが見《み》えた。

灰《はい》になった本《ほん》の山《やま》を、じっと見《み》つめている。

(あれは……ただの古本《ふるほん》じゃない……彼女《かのじょ》の大切《たいせつ》な、おじいさんの本《ほん》だったのに)

さみしそうにたたずむ瑠璃《るり》の姿《すがた》を見下《みお》ろしながら——直実《なおみ》は、ぎゅっとこぶしをにぎりしめた。

深夜《しんや》0時《じ》すぎ。直実《なおみ》は、高校《こうこう》の図書室《としょしつ》にいた。

〈神《グッド》の手《デザイン》〉の力《ちから》を使《つか》えば、学校《がっこう》にしのびこむことは簡単《かんたん》だった。だが、部屋《へや》の照明《しょうめい》をつければだれかに見《み》つかってしまうだろう。直実《なおみ》は、暗《くら》い床《ゆか》にあぐらをかいて座《すわ》った。

手《て》ぶくろの力《ちから》を発動《はつどう》し、記憶《きおく》の中《なか》から1冊《さつ》の本《ほん》を創造《そうぞう》する。あの〈決断力《けつだんりょく》〉のマニュアルだ。

「……ダメだ……」

外側《そとがわ》はうまく創《つく》れたように思《おも》えたが、中《なか》を開《ひら》いてみるとまるでむちゃくちゃだった。文章《ぶんしょう》にもなっていないし、行《ぎょう》すらななめにいりみだれている。

この2か月《げつ》あまり、毎日《まいにち》、朝《あさ》には雙ヶ岡《ならびがおか》でナオミと特訓《とっくん》し、夜《よる》は自室《じしつ》で自主練習《じしゅれんしゅう》をした。物理《ぶつり》や化学《かがく》の本《ほん》も山《やま》ほど読《よ》んで、たいていのものは創《つく》り出《だ》せるようになったと思《おも》う。

本《ほん》だって、紙《かみ》の束《たば》としては簡単《かんたん》だ。けれども、そこに書《か》かれた文章《ぶんしょう》の一行《ぎょう》一行《ぎょう》を再現《さいげん》することなどできはしない。あれほど何度《なんど》も読《よ》んだ〈決断力《けつだんりょく》〉ですらこのありさま。読《よ》んだことのない本《ほん》をどうして再現《さいげん》できるというのだろう。

「……でも……それでも……っ」

直実《なおみ》はあきらめきれなかった。

燃《も》えた本《ほん》の前《まえ》でぼうぜんとしていた、あの瑠璃《るり》の顔《かお》を思《おも》い出《だ》す。

なんでもいい。たとえ1冊《さつ》でも。

具体的《ぐたいてき》な方法《ほうほう》も思《おも》いつかないまま、もう一度《いちど》〈神の手《グッドデザイン》〉をかざそうとした、そのとき。

手《て》ぶくろの表面《ひょうめん》が奇妙《きみょう》にゆらめいた。と思《おも》うと、手首《てくび》の辺《あた》りが変形《へんけい》し、チューブのようにのびてくる。

「えっ？」

チューブの先《さき》から、光《ひかり》が放《はな》たれた。目《め》の前《まえ》の空間《くうかん》に、立体映像《りったいえいぞう》が投影《とうえい》される。

それは、整然《せいぜん》とならんだ本《ほん》の背表紙《せびょうし》だった。上下《じょうげ》に3段《だん》、左右《さゆう》は50冊《さつ》あまりもあるだろうか。

何冊《なんさつ》かのタイトルに見覚《みおぼ》えがある。まちがいない。これは、瑠璃《るり》の祖父《そふ》の書《しょ》だなの一角《いっかく》だった。

映像《えいぞう》に向《む》かって思《おも》わず〈神の手《グッドデザイン》〉をかざす。すると中《なか》から1冊《さつ》が飛《と》び出《だ》してきた。

その立体映像《りったいえいぞう》は、直実《なおみ》の思《おも》うとおりにくるくると角度《かくど》を変《か》え、開《ひら》けと命《めい》じると開《ひら》いた。1ページ1ページめくることもできる。そこに書《か》かれている文章《ぶんしょう》も、古《ふる》びて黄《き》ばんだ色合《いろあ》いも、なにかをこぼしたしみさえも、すべて見《み》ることができた。

「……先生《せんせい》？」

こんなことができるのはナオミしかいない。どういう仕組《しく》みかわからないけれど、〈アルタラ〉の記録《きろく》データを見《み》せてくれているのだ。

「ありがとうございます……！」

直実《なおみ》は、どこにいるかもわからないナオミに礼《れい》を言《い》うと、目《め》の前《まえ》の映像《えいぞう》にしたがって、本《ほん》の創《そう》造《ぞう》を始《はじ》めた。

目的《もくてき》のものと同《おな》じ大《おお》きさの白紙《はくし》の本《ほん》をまず創《つく》り、映像《えいぞう》を参考《さんこう》に少《すこ》しずつ微調整《びちょうせい》していく。

〈神の手《グッドデザイン》〉の指先《ゆびさき》で、表紙《ひょうし》を、1枚《まい》1枚《まい》のページをていねいになぞり、印刷《いんさつ》のかすれや、ページのはしの折《お》れ目《め》まで再現《さいげん》するのだ。

それは、集中力《しゅうちゅうりょく》と根気《こんき》のいる、たいへんな作業《さぎょう》だった。

1冊《さつ》創《つく》りあげたときには、もう1時間《じかん》がたっていた。

直実《なおみ》は焦《あせ》る。古本市《ふるほんいち》は今日《きょう》だ。朝《あさ》、みんなが登校《とうこう》してくる前《まえ》に、まとまった数《かず》を創《つく》りたい。このペースでは間《ま》に合《あ》わない。

夜中《よなか》の学校《がっこう》は冷房《れいぼう》も切《き》れ、むし暑《あつ》かった。額《ひたい》からあせがぽたぽたと落《お》ちた。

2冊目《さつめ》は、少《すこ》しコツがわかって、30分《ぷん》あまりで完成《かんせい》した。

3冊目《さつめ》、4冊目《さつめ》……直実《なおみ》は脇目《わきめ》もふらず、手《て》もとの作業《さぎょう》に没頭《ぼっとう》する。

眠気《ねむけ》とつかれでくらくらする。水《みず》が飲《の》みたい。

ときどき意識《いしき》が飛《と》んだ。だが、そのたびに、〈神の手《グッドデザイン》〉からのびたチューブが直実《なおみ》のほほをひっぱたく。どこかでナオミも応援《おうえん》してくれているのだ。

『けわしきにいどみ、あきらめず、最後《さいご》までやりとげる姿《すがた》にあこがれます。私《わたし》もそう生《い》きたい。そうありたい、と思《おも》うのです』

瑠璃《るり》の言葉《ことば》をかみしめながら、直実《なおみ》はひとり、本《ほん》を生《う》み出《だ》しつづけた。

HELLO WORLD

ハロー・ワールド

＜神の手《グッドデザイン》＞

＜アルタラ＞にアクセスして記録《きろく》を書《か》き換《か》える道具《どうぐ》だ。いろんな物《もの》を創《つく》れる。

雙《ならび》ヶ《が》岡《おか》で修業《しゅぎょう》した＜神の手《グッドデザイン》＞。"生体《せいたい》"や複《ふく》雑《ざつ》な構造《こうぞう》の物《もの》は創《つく》り出《だ》せない制約《せいやく》がある。

ナオミと修業《しゅぎょう》をした雙《ならび》ヶ《が》岡《おか》

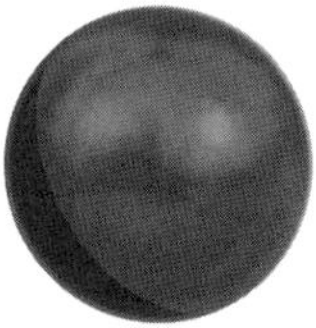

鉄球《てっきゅう》

小惑星型《しょうわくせいがた》の球体《きゅうたい》

創《つく》り出《だ》したもの

もうひとつの姿《すがた》

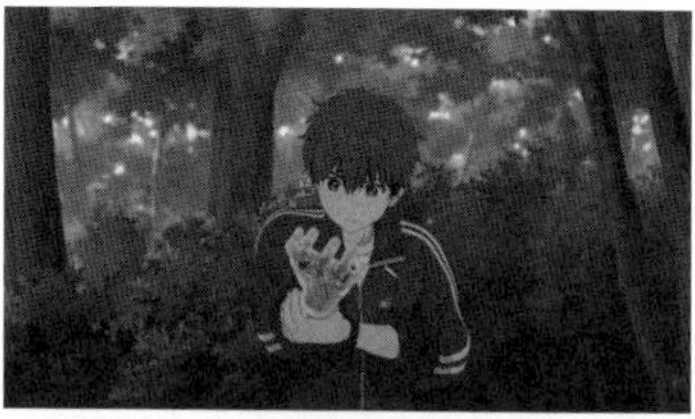

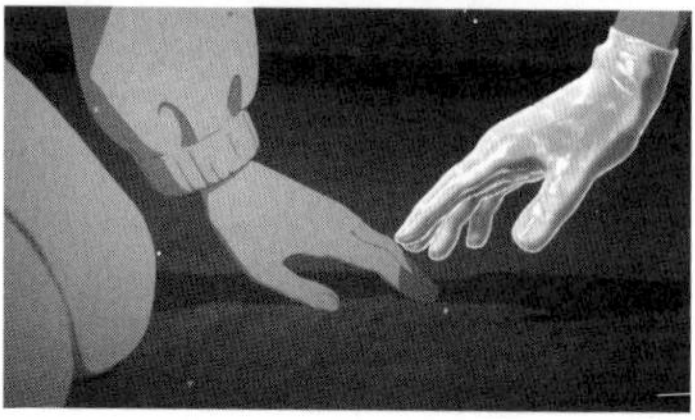

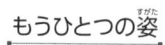

06／告《こく》白《はく》、そして運《うん》命《めい》の日《ひ》

瑠璃《るり》は、うつむきがちに校門《こうもん》をくぐった。

重《おも》い足《あし》を引《ひ》きずりながらくつ箱《ばこ》に向《む》かう。のろのろとしゃがんで、下《した》から2段目《だんめ》の自分《じぶん》のロッカーをあける。上《うわ》ばきを引《ひ》き出《だ》すが、手《て》に力《ちから》が入《はい》らない。

祖父《そふ》の本《ほん》が燃《も》えてなくなってしまったことは、もちろんショックだった。だが、それと同《おな》じくらい、古本市《ふるほんいち》が中止《ちゅうし》になったことがこたえた。

いままであまり友《とも》だちもいなかった。ほしいと思《おも》ったこともなかった。ずっとひとりで、特《とく》に問題《もんだい》もなかった。

けれど、この古本市《ふるほんいち》のために、堅書直実《かたがきなおみ》と走《はし》り回《まわ》ったのは——とても楽《たの》しかった。ほかの図書委員《としょいいん》たちも、話《はな》してみればみんな、きさくで明《あか》るく、好《す》きになれそうな人《ひと》ばかりだった。

初《はじ》めて、瑠璃《るり》は、学校《がっこう》の行事《ぎょうじ》を「楽《たの》しみ」にしていたのに。

ため息《いき》をつきながら、上《うわ》ばきをそろえていると、だれかに名前《なまえ》を呼《よ》ばれた。

「あの……一行《いちぎょう》さん」

顔《かお》をあげると、堅書直実《かたがきなおみ》が立《た》っていた。ひどくつかれているようで、顔色《かおいろ》も悪《わる》く、目《め》の下《した》にくっきりとクマができている。

「見《み》せたいものがあるんです」

それでもどこかうれしそうに、直実《なおみ》は言《い》った。


「……これは……」

図書室《としょしつ》のカウンターの上《うえ》に置《お》かれた段《だん》ボールには、昨日《きのう》焼《や》けてなくなったはずの本《ほん》が、ぎっしりとつまっていた。

「1箱《はこ》だけ、別《べつ》のところに置《お》いてあったんです。50冊《さつ》もないですけど……これで古本市《ふるほんいち》、できますよ」

瑠璃《るり》は、目《め》を見開《みひら》きながら箱《はこ》の中《なか》を見《み》つめる。

一番上《いちばんうえ》に置《お》かれているのはあの本《ほん》だった。直実《なおみ》が読《よ》みたいと言《い》っていた『大湖底都市《だいこていとし》』。

そんなはずはない、と、瑠璃《るり》は息《いき》をのむ。

自分《じぶん》は見《み》た。あの駐輪場《ちゅうりんじょう》の黒《くろ》い灰《はい》の山《やま》の中《なか》に、この本《ほん》の表紙《ひょうし》の切《き》れはしを。

ぼうぜんとしながら手《て》に取《と》り、中《なか》をめくる。

ああ――でも、たしかにこれは祖父《そふ》の本《ほん》だ。見覚《みおぼ》えのあるしみがあった。小口《こぐち》の手《て》あかのよごれも、とちゅうについた小《ちい》さな折《お》れ目《め》も……。

「………」

裏表紙《うらびょうし》の内側《うちがわ》にはられた封筒《ふうとう》。あの貸出《かしだし》カード。

だが、その上《うえ》に目《め》をとめ、瑠璃《るり》はまた目《め》を見張《みは》る。

貸出人《かしだしにん》の1人目《ひとりめ》の名前《なまえ》が――一行瑠璃《いちぎょうるり》、に変《か》わっている……。

「一行《いちぎょう》さん」

直実《なおみ》が、にっこりとほほえんだ。

「本《ほん》が無事《ぶじ》で、よかったですね」

瑠璃《るり》は混乱《こんらん》する。いったいなにが起《お》きたのだろう。彼《かれ》の、このつかれきった様子《ようす》と関係《かんけい》があるのだろうか。

ないわけがない。彼《かれ》がなにかをしてくれたのだ。どうしたのかわからないけれど、とにかく、なにかの奇跡《きせき》を起《お》こしてくれたのだ。

「堅書《かたがき》さん……」

そのとき、直実《なおみ》の体《からだ》がぐらりとゆれた。

「！　堅書《かたがき》さん!?」

たおれこみそうになった直実《なおみ》の体《からだ》を、瑠璃《るり》はかろうじてだきしめた。そのままふたりして床《ゆか》にへたりこんでしまう。

「堅書《かたがき》さん……」

どうやら、彼《かれ》はただねむってしまっただけのようだった。

息《いき》がかかるほど近《ちか》くに、直実《なおみ》の寝顔《ねがお》がある。あせで前髪《まえがみ》が額《ひたい》にはりついていて、そのすきまにまだ新《あたら》しい傷《きず》あとが見《み》えた。ドキリ、と胸《むね》が高鳴《たかな》った。

「きゃー！　ルーリー！　堅書《かたがき》くん！」

とつぜん黄色《きいろ》い声《こえ》が飛《と》んだ。ふりかえると、入《い》り口《ぐち》に勘解由小路三鈴《かでのこうじみすず》が立《た》っている。その後《うし》ろには、ほかにも数人《すうにん》の図書委員《としょいいん》たち。

「もしかして、ふたりって！　きゃー！」

なにか誤解《ごかい》しているらしい。あわてて説明《せつめい》しようとして、瑠璃《るり》はハッと気《き》づいた。

三鈴《みすず》も、ほかの委員《いいん》たちも、手《て》に大《おお》きな紙《かみ》ぶくろを持《も》っている。

「あっ、その箱《はこ》！　もしかして、まだ残《のこ》ってたの!?　よかったー！」

みんながかけよってきた。彼《かれ》らも、手《て》にした紙《かみ》ぶくろやカバンから、つぎつぎ本《ほん》を取《と》り出《だ》す。

「じゃーん。あたしたちも本持《ほんも》ってきたの。これで古本市《ふるほんいち》、できるね！」

笑《わら》う三鈴《みすず》に、瑠璃《るり》も笑《わら》いかけた。

HELLO WORLD

「……あれ……」

直実《なおみ》が目《め》をあけると、そこは見覚《みおぼ》えのある場所《ばしょ》——図書準備室《としょじゅんびしつ》のソファだった。

カーテンごしの光《ひかり》はオレンジ色《いろ》で、もう夕暮《ゆうぐ》れ時《どき》であることを物語《ものがた》っている。

「……っ！　古本市《ふるほんいち》！」

飛《と》び起《お》きた直実《なおみ》に、そばからやわらかい声《こえ》がかかる。

「起《お》こしませんでした。おつかれのようだったので」

見《み》ると、ななめ向《む》かいのソファに瑠璃《るり》が座《すわ》っていた。見《み》なれない私服《しふく》を着《き》ている。

肩口《かたぐち》にフリルのついた白《しろ》いエプロンの下《した》は、水色《みずいろ》のパフスリーブのワンピース。髪《かみ》にも水色《みずいろ》のリボン。トランプの柄《がら》のタイツ。

これは――『不思議《ふしぎ》の国《くに》のアリス』の衣装《いしょう》ではないだろうか。

あっけにとられている直実《なおみ》の視線《しせん》に気《き》づいたのか、瑠璃《るり》はせきばらいをした。

「勘解由小路《かでのこうじ》さんが用意《ようい》してくれていまして。本《ほん》をたくさん売《う》ると決《き》めましたので、やってやりました」

ちなみに彼女《かのじょ》は赤《あか》ずきんでした、と、早口《はやくち》でつけくわえる。

「それで……古本市《ふるほんいち》は⁉」

直実《なおみ》の問《と》いに、瑠璃《るり》はだまって、テーブルの上《うえ》に置《お》いてあった紙《かみ》をかざした。

『寄付額《きふがく》3万《まん》4850円《えん》　完売《かんばい》！』

と、太《ふと》いマーカーで書《か》かれている。

よかった……と笑《わら》った直実《なおみ》に、とつぜん、瑠璃《るり》が近《ちか》づいてきた。直実《なおみ》の寝《ね》ているソファに腰《こし》を下《お》ろし、身《み》を乗《の》り出《だ》して顔《かお》をのぞきこんでくる。

「堅書《かたがき》さん。ありがとうございます」

いきなりの近距離《きんきょり》に、直実《なおみ》の心臓《しんぞう》ははね上《あ》がる。

わかっている。彼女《かのじょ》はただ、残《のこ》った段《だん》ボールの本《ほん》を見《み》つけたことに礼《れい》を言《い》っているだけだ。自《じ》分《ぶん》の深夜《しんや》の努力《どりょく》を知《し》っているわけではない。

それでも——その言葉《ことば》は、直実《なおみ》の心《こころ》にまっすぐしみいった。

「いや……その、僕《ぼく》はなにも……」

あわてて首《くび》をふる直実《なおみ》に、彼女《かのじょ》はもう一度《いちど》言《い》う。

「……ありがとうございます」

窓《まど》から入《はい》る西日《にしび》が、瑠璃《るり》の美《うつく》しい顔《かお》をほんのりと赤《あか》く染《そ》めていた。

直実《なおみ》は、自分《じぶん》のほほもやはり真《ま》っ赤《か》だろうと思《おも》う。

テーブルの上《うえ》に、あの本《ほん》が置《お》かれていた。

長《なが》い沈黙《ちんもく》。

なにかが始《はじ》まりそうで、始《はじ》まるのが怖《こわ》いような。

口《くち》から言葉《ことば》がこぼれそうになる。

でも、それを言《い》ってしまったらすべてが終《お》わるかもしれない。

もう、マニュアルはないのだ。ここは、あのノートにない世界《せかい》。

古本市《ふるほんいち》が開《ひら》かれて、成功《せいこう》した世界《せかい》。正解《せいかい》は直実自身《なおみじしん》が見《み》つけるしかない。

「僕《ぼく》は……僕《ぼく》は」

覚悟《かくご》を決《き》めて、直実《なおみ》は口《くち》を開《ひら》く。

「一行《いちぎょう》さんが、好《す》きなんだ……」

言《い》ってしまってから、直実《なおみ》はうつむいた。瑠璃《るり》の顔《かお》が怖《こわ》くて見《み》られない。

「……そうですか」

硬《かた》い声《こえ》がした。瑠璃《るり》が立《た》ち上《あ》がり、直実《なおみ》からはなれていく。

ああ、やはりダメだった。言《い》うんじゃなかった——そう思《おも》ったとき、また瑠璃《るり》の声《こえ》。

「交際《こうさい》というのは、ひとりではなしえないことです」

顔《かお》をあげると、瑠璃《るり》は背《せ》を向《む》けて立《た》っていた。

「ですから——ふたりでやってみましょうか」

肩《かた》ごしにふりかえった顔《かお》は、まだ真《ま》っ赤《か》だった。夕日《ゆうひ》の届《とど》かない場所《ばしょ》なのに。

なんと答《こた》えていいかわからない。でも——これは、つまり。

「あっ、あの本《ほん》、堅書《かたがき》さんが読《よ》みたがっていた、それ！　取《と》り置《お》いておきましたので！」

瑠璃《るり》は、急《きゅう》にはずかしくなったのか、テーブルの上《うえ》の本《ほん》を指《ゆび》さしたあと、バタバタと部屋《へや》を出《で》て行《い》った。

——図書室《としょしつ》の外《そと》の廊下《ろうか》にたたずんでいたナオミは、飛《と》び出《だ》してきた瑠璃《るり》とすれちがう。

もちろん、瑠璃《るり》には彼《かれ》の姿《すがた》は見《み》えない。彼女《かのじょ》は水色《みずいろ》のスカートをひるがえして、彼《かれ》のかたわらをかけぬけていった。

ナオミの知《し》らない瑠璃《るり》。自分《じぶん》とはちがう選択《せんたく》をし、彼女《かのじょ》の心《こころ》をとらえた直実《なおみ》。

それを——ナオミは、複雑《ふくざつ》な思《おも》いで見《み》つめる。

そばの手《て》すりに止《と》まっているカラスの首筋《くびすじ》で、メーターが、カチ、と増《ふ》えた。

「もうすぐだ」

ナオミは、意味《いみ》ありげにつぶやいた。

HELLO WORLD

『あの日《ひ》——つまり、今日《きょう》、7月3日《がつみっか》。俺《おれ》たちは、宇治川《うじがわ》の花火大会《はなびたいかい》に行《い》った。落雷《らくらい》の時刻《じこく》は、20時《じ》1分《ぷん》』

直実《なおみ》がかけているサングラスの、耳《みみ》にかけたつるの部分《ぶぶん》から、ナオミの声《こえ》がひびいてくる。

このサングラスは〈神の手《グッドデザイン》〉の一部《いちぶ》が変形《へんけい》したもので、はなれた場所《ばしょ》にいるナオミと通信《つうしん》するための機械《きかい》だった。本体《ほんたい》の手《て》ぶくろとはコードでつながっている。

ここは、瑠璃《るり》の家《いえ》のすぐわきの路上《ろじょう》だ。直実《なおみ》は電信柱《でんしんばしら》の下《した》にしゃがみこみ、宇治川《うじがわ》の地図《ちず》を広《ひろ》げる。

目《め》の前《まえ》の瑠璃《るり》の家《いえ》は、この前来《まえき》たときと同《おな》じように静《しず》かだった。2階《かい》の窓《まど》に明《あ》かりがついている。あそこが瑠璃《るり》の部屋《へや》だと聞《き》いていた。

夏至《げし》の直後《ちょくご》の長《なが》い日《ひ》もようやく落《お》ち、あたりはうす暗《ぐら》くなりはじめている。空《そら》は厚《あつ》い雲《くも》におおわれていたが、まだ雨《あめ》は降《ふ》っていない。

「花火大会《はなびたいかい》にはさそいませんでしたが……これで回避《かいひ》できますか？」

直実《なおみ》はそう言《い》いながら、電柱《でんちゅう》の上《うえ》に立《た》つナオミを見上《みあ》げた。

『なにもなければな』

「あるとしたらなにが……」

言《い》いかけて、直実《なおみ》はふと、目《め》のはしに人影《ひとかげ》を見《み》つけた。

目《め》の前《まえ》の四《よ》つ角《かど》の向《む》こう、街灯《がいとう》の下《した》に、奇妙《きみょう》な男《おとこ》が立《た》っている。

工事現場《こうじげんば》の作業員《さぎょういん》のような紺色《こんいろ》の制服《せいふく》。黄色《きいろ》い反射帯《はんしゃたい》。黒《くろ》いブーツ。

しかしその首《くび》は不自然《ふしぜん》に前《まえ》に突《つ》き出《だ》され――真《ま》っ白《しろ》なキツネの面《めん》をかぶっていた。

がっしりした肩《かた》からだらりと下《さ》がった2本《ほん》の腕《うで》も、まるでゴリラのように長《なが》い。

「な、なに……?」

直実《なおみ》は、もっとよく見《み》ようとサングラスをはずした。

「……いない?」

しかし、もう一度《いちど》サングラスをかけると——やっぱりいる!

ハッとして見回《みまわ》すと——それは1体《たい》だけではなかった。四《よ》つ角《かど》の全方向《ぜんほうこう》から、何十体《なんじゅったい》もの同《おな》じキツネ面《めん》の男《おとこ》が、じりじりとこちらに向《む》かってせまってきているではないか!

『来《き》やがったな!』

ナオミのさけび声《ごえ》がした。

「な、なにが起《お》こってるんですか!?」

『自動修復《じどうしゅうふく》システムだ! 〈アルタラ〉のシステムファイルが記録《きろく》の改竄《かいざん》を感知《かんち》して、正《ただ》しい状《じょう》態《たい》に修復《しゅうふく》しようとしている!』

じりじりとせまってくるキツネ面《めん》の額《ひたい》には〈Alltale《アルタラ》 Homeostatic《ホメオスタティック》 System《システム》〉の赤《あか》い文字《もじ》が浮《う》かび上《あ》がっている。ホメオスタティック・システム——状態《じょうたい》を、あるべき形《かたち》に保《たも》つための機能《きのう》。

この場合《ばあい》の「あるべき形《かたち》」とは——つまり、今日《きょう》、20時《じ》1分《ぷん》に、一行瑠璃《いちぎょうるり》が死《し》ぬという記録《きろく》を守《まも》る、ということだ。

このキツネ面《めん》の作業員《さぎょういん》たちは、〈アルタラ〉の秩序《ちつじょ》を正《ただ》すため、記録《きろく》を改竄《かいざん》しようとしているふたりの直実《ナオミ》を妨害《ぼうがい》しに来《き》たのだ。

「どうしたらいいんですか!?」

『〝デザイン〟しろ！　武器《ぶき》を出《だ》せ！』

武器《ぶき》。武器《ぶき》と言《い》われても。直実《なおみ》は混乱《こんらん》する。

銃《じゅう》？　わからない。仕組《しく》みが複雑《ふくざつ》すぎる。剣《けん》？　無理《むり》だ。使《つか》いこなせるとは思《おも》えない。

なにか、こんな自分《じぶん》でも使《つか》えそうなもの。重《おも》くて固《かた》くて、それでぶんなぐったら痛《いた》そうなもの。

「ええーい！」

イメージが固《かた》まらないまま、直実《なおみ》は〈神の手《グッドデザイン》〉を地面《じめん》についた。なにかが生《う》み出《だ》される感触《かんしょく》があった。

「げっ」

それは——分厚《ぶあつ》くて大《おお》きな、ハードカバーの本《ほん》だった。

「百科事典《ひゃっかじてん》!?」

たしかに——重《おも》くて固《かた》いだろう。そういえばつい先日《せんじつ》、図書室《としょしつ》の書《しょ》だな整理《せいり》をしていて、これを足《あし》の上《うえ》に落《お》として転《ころ》げ回《まわ》った。その記憶《きおく》が無意識《むいしき》に出《で》てしまったのか。

しかし、もうなやんでいるヒマはなかった。キツネ面《めん》たちは目《め》の前《まえ》にせまっている。

直実《なおみ》は百科事典《ひゃっかじてん》を両手《りょうて》でつかむと、正面《しょうめん》にいたキツネ面《めん》に向《む》かってたたきつけた。そいつはよけようともせず、まともにくらってふっ飛《と》んだ。大男《おおおとこ》に見《み》えるのに、体《からだ》はまるでぬいぐるみのように軽《かる》かった。

「よし！」

これならいける。直実《なおみ》が百科事典《ひゃっかじてん》をあらためて見《み》ると、長《なが》いスピン（ページにはさむためのヒモ）がついているのが目《め》に入《はい》った。それはふつうの本《ほん》についているものより太《ふと》く、黄緑色《きみどりいろ》に光《ひか》っている。

直実《なおみ》はそれを両手《りょうて》でにぎると、ハンマー投《な》げのように百科事典《ひゃっかじてん》をふり回《まわ》した。スピンは数《すう》メートルものびて、周囲《しゅうい》のキツネ面《めん》たちをなぎたおす。

『いいぞ！　その調子《ちょうし》だ！』

耳《みみ》もとからナオミの声《こえ》が聞《き》こえる。

『事故《じこ》の時間《じかん》がすぎるまで彼女《かのじょ》を守《まも》るんだ！　それまで持《も》たせろ！』

「そのあとは!?」

『そのときに教《おし》えてやる！　行《い》け！』

のんきにしゃべっているヒマはない。キツネ面《めん》たちが押《お》しよせてくる。

『後《うし》ろだ！　つぎは左《ひだり》！』

電柱《でんちゅう》の上《うえ》からナオミの指示《しじ》が飛《と》ぶ。直実《なおみ》は言《い》われるとおりに事典《じてん》のハンマーをふるって戦《たたか》いつづけた。

キツネ面《めん》たちは弱《よわ》かった。抵抗《ていこう》する様子《ようす》もないし、動《うご》きもおそい。だが、とにかく数《かず》が多《おお》い。たおしてもたおしてもあとからあとからわいてくる。

目《め》の前《まえ》で仲間《なかま》がどれだけたおされようとも、まったく変《か》わらないのろのろとした動《うご》きで、どんどん近《ちか》づいてきてキリがない。

『直実《なおみ》！　中《なか》だ！　瑠璃《るり》がねらわれている！』

ナオミがさけんだ。直実《なおみ》は低《ひく》いへいに飛《と》びつく。

なんとかしてよじ登《のぼ》り、庭《にわ》に飛《と》び降《お》りると、どこから入《はい》りこんだのか、そこはもうキツネ面《めん》の男《おとこ》たちでいっぱいだった。

「ええーいっ！」

必死《ひっし》で事典《じてん》ハンマーをふり回《まわ》す。なぎたおしてもなぎたおしてもキリがない。

「しまっ……！」

スピンが手《て》からすっぽぬけた。勢《いきお》いでバランスをくずし、直実《なおみ》は庭《にわ》に転《ころ》がった。

「！」

顔《かお》をあげると、10体《たい》あまりのキツネ面《めん》たちが、自分《じぶん》をぐるりと取《と》り囲《かこ》んでいる。彼《かれ》らはたがいに手《て》をつないで大《おお》きな輪《わ》を作《つく》っていた。

「えっ」

一瞬《いっしゅん》のことだった。輪《わ》の中《なか》に、ジッ……と青白《あおじろ》い電気《でんき》のような光《ひかり》が走《はし》った。

それとまったく同《おな》じ光《ひかり》が、2階《かい》の瑠璃《るり》の部屋《へや》でも光《ひか》った、と思《おも》った瞬間《しゅんかん》。

直実《なおみ》は——朱《あか》い欄干《らんかん》の、橋《はし》の上《うえ》に立《た》っていた。

HELLO WORLD

ハロー・ワールド

『不思議《ふしぎ》の国《くに》のアリス』

古本市《ふるほんいち》の時《とき》にルーリーに着《き》てもらった衣装《いしょう》。私《わたし》は赤《あか》ずきんの衣装《いしょう》を着《き》たんだよ。

図書準備室《としょじゅんびしつ》

古本市《ふるほんいち》『不思議《ふしぎ》の国《くに》のアリス』衣装《いしょう》

07／裏切《うらぎ》り

「えっ？」

驚《おどろ》いてあたりを見回《みまわ》す。朱《あか》い欄干《らんかん》。木《き》の橋板《はしいた》。一気《いっき》に吹《ふ》きよせてくるしめった風《かぜ》。ドーン、ドーンとたたきつけるような音《おと》。遠《とお》くの空《そら》で点滅《てんめつ》する赤《あか》や黄色《きいろ》の光《ひかり》。花火大会《はなびたいかい》の会場《かいじょう》。宇治川《うじがわ》。そこにかかる橋《はし》の上《うえ》に直実《なおみ》はいた。

「な……なんで!?」

橋《はし》の上《うえ》には自分《じぶん》以外《いがい》だれもいない。遠《とお》くの川岸《かわぎし》にはたくさんの屋台《やたい》の光《ひかり》がならび、大勢《おおぜい》の人々《ひとびと》が歩《ある》いているのが見《み》えた。

「えっ？　なに？」

足《あし》もとからとつぜん声《こえ》が聞《き》こえた。

「一行《いちぎょう》さん！」

そこにいたのは瑠璃《るり》だった。白《しろ》いキャミソールに短《たん》パンという部屋着姿《へやぎすがた》で、ひじをついて寝《ね》そべっている。手《て》には文庫本《ぶんこぼん》があった。

「な……なに？　ここ……えっ、堅書《かたがき》さん!?」

おそらく、部屋《へや》で寝転《ねころ》がって本《ほん》を読《よ》んでいたところを、そのまま転送《てんそう》されてしまったのだろう。

さっきの直実《なおみ》と同《おな》じようにキツネ面《めん》に囲《かこ》まれたとしても、瑠璃《るり》にはそれは見《み》えていなかっただろうから、彼女《かのじょ》にしてみればなにが起《お》きたのかまったくわからないはずだ。

『システム権限《けんげん》でむちゃくちゃしやがる！』

直実《なおみ》の耳《みみ》もとでナオミがさけぶ声《こえ》が聞《き》こえた。彼《かれ》は瑠璃《るり》の家《いえ》に置《お》いていかれたのだ。

『そこが落雷地点《らくらいちてん》だ！』

「ええっ!?」

ハッと見《み》ると、橋《はし》の両側《りょうがわ》からあのキツネ面《めん》たちが押《お》しよせてくる。何十《なんじゅう》、いや、何百《なんびゃく》いるかもわからない。ぎっしりと橋《はし》をうめつくして、あののろのろとした動《うご》きでふたりにせまってきている。

「一行《いちぎょう》さん、走《はし》って！」

直実《なおみ》は、ぼうぜんとして事態《じたい》がのみこめない瑠璃《るり》を引《ひ》き起《お》こそうとする。

「痛《いた》いっ！」

瑠璃《るり》が悲鳴《ひめい》をあげた。見《み》ると、彼女《かのじょ》の足首《あしくび》に、何本《なんぼん》ものツタのようなものがからみついている。

直実《なおみ》は〈神の手《グッドデザイン》〉を発動《はつどう》し、それを消《け》し去《さ》ろうとした。だが、ツタは橋板《はしいた》からつぎつぎに生《は》えてきてキリがない。

『あと2分《ふん》！』

耳《みみ》もとでナオミの声《こえ》がする。

「先生《せんせい》！」

『これが最後《さいご》だ。これで最後《さいご》だ。もう影響《えいきょう》なんて気《き》にするな！　派手《はで》にやれ！』

「……はいっ！」

直実《なおみ》は空《そら》に向《む》かってうなずき、真上《まうえ》に〈神の手《グッドデザイン》〉をかざした。

中空《ちゅうくう》に、球体《きゅうたい》が生《う》み出《だ》される。

それはしだいに大《おお》きくなる。野球《やきゅう》のボールからサッカーボールに。どんどんふくらむ。直径《ちょっけい》1メートル。5メートル。10メートル。

押《お》しよせてきていたキツネ面《めん》たちが、その球《たま》に飛《と》びついて消《け》し去《さ》ろうとしはじめる。やつらの手《て》のふれたところから分解《ぶんかい》されていく。

そうはさせない。彼《かれ》らを上回《うわまわ》る速度《そくど》で、直実《なおみ》は創造《そうぞう》を続《つづ》ける。

思《おも》い出《だ》せ。先生《せんせい》との特訓《とっくん》を。

『想像力《そうぞうりょく》を解放《かいほう》しろ！　イメージを暴走《ぼうそう》させろ！』

思《おも》い出《だ》せ。必死《ひっし》で読《よ》んだ物理学《ぶつりがく》の本《ほん》を。天文学《てんもんがく》の本《ほん》を。

『もっとできる！　なんでもできる！』

ガスタンクのようにふくれ上《あ》がったその球体《きゅうたい》の質量《しつりょう》を変《か》える。もっともっと重《おも》く。もっともっと高密度《こうみつど》に。

思《おも》い出《だ》せ。ここ数日《すうじつ》の朝練《あされん》を。先生《せんせい》の指導《しどう》を。

『おまえが認《みと》めればなんだってできる！　世界《せかい》を自分《じぶん》のものだと思《おも》え！』

小《ちい》さな月《つき》を創《つく》る。火星《かせい》を創《つく》る。木星《もくせい》を創《つく》る。

50億年《おくねん》の太陽系《たいようけい》の歴史《れきし》を一瞬《いっしゅん》でシミュレーションするのだ。

そうだ。彼《かれ》は創《つく》った。昨日《きのう》やっと成功《せいこう》した。

手《て》の上《うえ》で燃《も》えさかる水素《すいそ》とヘリウムのかたまり。ミニチュアの——太陽《たいよう》を。

もっとできる。もっと、もっとだ。

太陽《たいよう》よりも大《おお》きな質量《しつりょう》。太陽《たいよう》よりも膨大《ぼうだい》なエネルギー。

『この世界《せかい》の——神《かみ》になれ！』

ふくれ上《あ》がった巨大《きょだい》な球体《きゅうたい》を、つぎは小《ちい》さくにぎりこむ。

質量《しつりょう》を保《たも》ったまま、もっともっと高密度《こうみつど》に。小《ちい》さく。

球体《きゅうたい》が縮《ちぢ》みはじめる。20メートル、10メートル、5メートル、2メートル。

球面《きゅうめん》にびっしりととりついていた、何十体《なんじゅったい》ものキツネ面《めん》たちも全部全部《ぜんぶぜんぶ》巻《ま》きこんで、にぎりつぶす。にぎりつぶす。にぎりつぶす。

『おまえなら――できる!!』

僕《ぼく》は神《かみ》だ。この世界《せかい》の神《かみ》だ。

神《かみ》だからなんだってできる。

『あと10秒《びょう》！』

ナオミの絶叫《ぜっきょう》が耳《みみ》もとで聞《き》こえた。

音《おと》が、空気《くうき》が、光《ひかり》がゆらぐ。なにもかもが自分《じぶん》の手《て》の中《なか》に集《あつ》まっていく。

〈神の手《グッドデザイン》〉で干渉《かんしょう》をふせいでいるとはいえ、油断《ゆだん》すると自分《じぶん》や瑠璃《るり》まですいこまれそうだ。

限界《げんかい》まで歯《は》を食《く》いしばり、にぎりしめていたこぶしを、直実《なおみ》はそっと開《ひら》いた。

そこには直径《ちょっけい》1センチほどの、真《ま》っ黒《くろ》な〝穴《あな》〟があった。

本当《ほんとう》は球体《きゅうたい》だが、それがもう認識《にんしき》できない。光《ひかり》すらすいこむ漆黒《しっこく》の〝それ〟は、空間《くうかん》にあいた〝穴《あな》〟にしか見《み》えない。

ブラックホール。

直実《なおみ》は、〝それ〟を中空《ちゅうくう》に投《な》げあげた。

その瞬間《しゅんかん》、空《そら》に光《ひかり》がひらめいた。同時《どうじ》にあたりをゆるがすような轟音《ごうおん》。

天《てん》をおおっていた厚《あつ》い雨雲《あまぐも》の中《なか》で発生《はっせい》した電気《でんき》が、解放《かいほう》を求《もと》めてあばれくるいはじめたのだ。

すべてを引《ひ》きさくような雷撃《らいげき》が天《てん》と地《ち》をつらぬこうとした。

だが、直実《なおみ》が創《つく》り出《だ》したブラックホールが、その巨大《きょだい》なエネルギーを、まばゆい光《ひかり》を、すべて吸収《きゅうしゅう》していく。

空気《くうき》がふるえ、うずを巻《ま》いた。あたりが一瞬《いっしゅん》で霧《きり》に包《つつ》まれた。

キーン……と金属音《きんぞくおん》のような残響《ざんきょう》が耳《みみ》のおくをゆさぶる。


それらのすべてが消《き》えたとき。

直実《なおみ》は、肩《かた》で息《いき》をしながら、橋《はし》の半《なか》ばに立《た》っていた。

キツネ面《めん》の男《おとこ》たちも消《き》えていた。上空《じょうくう》の雷雲《らいうん》も光《ひかり》を失《うしな》い、ただくもり空《ぞら》が広《ひろ》がるだけだ。

おそるおそる後《うし》ろをふりかえる。

瑠璃《るり》がいた。

なにが起《お》きたのかまったくわからないという顔《かお》のまま、直実《なおみ》を見上《みあ》げている。

「助《たす》かった……？」

直実《なおみ》の目《め》から涙《なみだ》があふれた。緊張《きんちょう》がほどけたとたん、つかれが一気《いっき》に押《お》しよせ、直実《なおみ》はよろよろと瑠璃《るり》に近《ちか》づくと、たおれこむように彼女《かのじょ》をだきしめた。顔《かお》からサングラスがぼろりと落《お》ちた。

「助《たす》かった！　やった！　やりましたよ！　一行《いちぎょう》さん！　よかった!!」

泣《な》きながらだきついてきた直実《なおみ》に、瑠璃《るり》は最初《さいしょ》とまどっていたようだった。だが、やがて、おそるおそるその手《て》を直実《なおみ》の背中《せなか》に回《まわ》す。

「……堅書《かたがき》さん……ありがとう」

彼女《かのじょ》にも、いま、なにかとんでもないことが起《お》きようとして、直実《なおみ》がそれから助《たす》けてくれたのだ、ということはわかったのだろう。

しかし、瑠璃《るり》の声《こえ》を聞《き》いて、直実《なおみ》はハッと我《われ》に返《かえ》った。あわてて彼女《かのじょ》の体《からだ》をはなそうとする。

「すみませんっ！　つい……」

それをとどめたのは瑠璃《るり》のほうだった。背中《せなか》に回《まわ》された手《て》に力《ちから》がこもる。

「……！」

彼女《かのじょ》はまだ、夢《ゆめ》の中《なか》にいるような顔《かお》をしていた。

真《ま》っ赤《か》になったほほ。うるんだ瞳《ひとみ》。

王子《おうじ》さまを見《み》るような目《め》で直実《なおみ》を見上《みあ》げ——そして、ゆっくり目《め》を閉《と》じた。

「…………！」

心臓《しんぞう》がはね上《あ》がった。

これは……これは……つまりあの、アレを待《ま》っているというしぐさ……。

直実《なおみ》はごくりとつばを飲《の》みこむ。瑠璃《るり》は目《め》をあけない。やや顔《かお》を上《うえ》に向《む》けてじっとしている。

ふるえながら、直実《なおみ》は顔《かお》を近《ちか》づける。息《いき》を止《と》め、目《め》を閉《と》じ——ふたりのくちびるがふれあおうとした、その瞬間《しゅんかん》。

どこかで、カチ、という音《おと》がした。

「うわぁぁぁぁ!?」

いきなり右手《みぎて》を乱暴《らんぼう》に引《ひ》かれ、直実《なおみ》は後《うし》ろに引《ひ》きたおされた。

〈神の手《グッドデザイン》〉だ。あの手《て》ぶくろが勝手《かって》に動《うご》き出《だ》し、直実《なおみ》を瑠璃《るり》から引《ひ》きはがしたのだ。

数《すう》メートルも後《うし》ろに引《ひ》きずられ、直実《なおみ》は悲鳴《ひめい》をあげた。〈神の手《グッドデザイン》〉からつばさが生《は》えている。

カラスのつばさが。

手首《てくび》がちぎれる！　と思《おも》ったとたん、手《て》ぶくろは直実《なおみ》からはなれた。一瞬《いっしゅん》でカラスの姿《すがた》にもどると、まっすぐ空《そら》に舞《ま》い上《あ》がり、こんどは瑠璃《るり》に向《む》かって急降下《きゅうこうか》してくる。

「！」

カラスは瑠璃《るり》の真上《まうえ》ではじけるように変形《へんけい》した。８本《ぽん》の〝足《あし》〟が開《ひら》き、まるで鳥《とり》かごのように瑠璃《るり》を囲《かこ》んで突《つ》き立《た》った。

「な、なに？　これなに？　堅書《かたがき》さん！」

閉《と》じこめられた瑠璃《るり》が足《あし》のあいだから手《て》をのばそうとした。しかし、ガラスでもはまっているかのようにはじかれてしまう。

「一行《いちぎょう》さん！」

なにが起《お》きたのかわからない。直実《なおみ》もまた、その奇妙《きみょう》なオリにかけよろうとした、そのとき。

「〈うつわ〉と〈中身《なかみ》〉の統一《とういつ》が必要《ひつよう》だった」

とつぜん後《うし》ろから声《こえ》がした。ふりかえると、朱色《しゅいろ》の欄干《らんかん》の上《うえ》にナオミが立《た》っていた。

「物理脳神経《ぶつりのうしんけい》と量子精神《りょうしせいしん》のあいだのズレを解消《かいしょう》しなければならなかった。精神《せいしん》を、事故当時《じことうじ》の状態《じょうたい》に近《ちか》づける必要《ひつよう》があった」

「なにを……言《い》ってるんです？」

わからない。ナオミがなにを言《い》っているのか、まったく理解《りかい》できない。

彼《かれ》の声《こえ》には感情《かんじょう》がなく、白《しろ》いフードを目深《まぶか》にかぶっていて、顔《かお》も見《み》えない。

「ようやく測定値《そくていち》が閾値《いきち》をこえた……いまならば〈同調《どうちょう》〉できる」

「先生《せんせい》……？」

不安《ふあん》が押《お》しよせる。なにがなんだかさっぱりわからない。測定値《そくていち》？　閾値《いきち》？　同調《どうちょう》？

なんのことだ？　これは、ナオミがやったことなのか？

「一行《いちぎょう》さんを出《だ》してください！」

直実《なおみ》は、瑠璃《るり》をとらえているオリをたたいた。しかしびくともしない。

「彼女《かのじょ》は恋《こい》をした。おまえに恋心《こいごころ》をだいた」

ナオミは、直実《なおみ》の言葉《ことば》など聞《き》こえていないかのように、うっとりと空《そら》を見上《みあ》げる。

「そうして、彼女《かのじょ》の精神《せいしん》はついに、事故《じこ》にあったときとほぼ同《おな》じ状態《じょうたい》となった」

「先生《せんせい》!?」

「これで――すべての準備《じゅんび》が整《ととの》った」

ナオミがそう言《い》うと同時《どうじ》に、瑠璃《るり》を囲《かこ》んでいたオリが、ものすごい勢《いきお》いで空《そら》に向《む》かってのびていく。

「⁉」

空《そら》に、赤《あか》いオーロラが広《ひろ》がっていた。

オリはそのオーロラに届《とど》くような柱《はしら》となり、まばゆい光《ひかり》を放《はな》ちはじめた。中《なか》に閉《と》じこめられている瑠璃《るり》の姿《すがた》も、光《ひかり》の中《なか》にかき消《き》える。

「堅書《かたがき》さんっ！」

瑠璃《るり》の声《こえ》が最後《さいご》にひびいた。つぎの瞬間柱《しゅんかんはしら》は橋《はし》からぬけ、空《そら》へとすいあげられるように消《き》えていく。

わからない。目《め》の前《まえ》で起《お》きていることがさっぱりわからない。

直実《なおみ》はナオミをふりかえる。

ナオミはゆっくりとフードをとって、少《すこ》しあわれむような目《め》で直実《なおみ》を見下《みお》ろした。

「落雷《らくらい》を受《う》けた〝彼女《かのじょ》〟は、死《し》んだんじゃない」

「……？」

「脳死《のうし》になったのさ」

その瞬間《しゅんかん》、直実《なおみ》の頭《あたま》の中《なか》に、くっきりとしたイメージが浮《う》かんだ。

医療機器《いりょうきき》に取《と》り囲《かこ》まれたベッド。たくさんのコードにつながれながら横《よこ》たわる女性《じょせい》。

見《み》たことがある。そうだ。これは伏見稲荷《ふしみいなり》でナオミと会《あ》ったとき、脳内《のうない》に流《なが》れこんできたイメージだ。

なぜ気《き》がつかなかったのだ。なぜ忘《わす》れていたのだ。

この女性《じょせい》は――一行瑠璃《いちぎょうるり》だ！

「ありがとう――さようなら、直実《なおみ》」

ナオミは、やさしくそう言《い》うと――わずかなデジタルノイズを残《のこ》して、その場《ば》からかき消《き》えた。


取《と》り残《のこ》された直実《なおみ》は、ただぼうぜんとあたりを見回《みまわ》す。

急《きゅう》に音《おと》がもどってきた。宇治川《うじがわ》の流《なが》れる音《おと》。人々《ひとびと》のざわめき。花火《はなび》の音《おと》。

足《あし》もとに、瑠璃《るり》が読《よ》んでいた文庫本《ぶんこぼん》が落《お》ちている。あの青《あお》いしおりがある。バス停《てい》で拾《ひろ》った、花《はな》とクジャクの羽《はね》のデザインの――……。

「一行《いちぎょう》……さん」

追《お》いかけなければ。でもどうやって？

橋《はし》の上《うえ》にしゃがみこみ、右手《みぎて》を橋板《はしいた》にたたきつける。だが、それはただ、冷《つめ》たく固《かた》い木《き》の感触《かんしょく》を伝《つた》えてくるだけだった。

「出《で》ろ！　出《で》ろよ！　なにか、飛《と》んだり、移動《いどう》できるもの！」

出《で》るわけがない。彼《かれ》の右手《みぎて》はもう素手《すで》だった。そこにあった〈神の手《グッドデザイン》〉は、カラスになってオリになって、オーロラのかなたへ飛《と》び去《さ》ってしまったのだ。

「なんでもいいから出《で》ろ！　飛行機《ひこうき》！　車《くるま》！　自転車《じてんしゃ》だっていい！　エレベーター！　階段《かいだん》！なんでもいいから！」

たたきつづけた板《いた》に血《ち》がついた。どこか切《き》ってしまったようだ。だがもう痛《いた》みも感《かん》じない。

「水《みず》でもなんでもいいから……出《で》てくれよ……」

ぽたぽた、と、水滴《すいてき》が落《お》ちた。

だがそれは、彼《かれ》が創造《そうぞう》した水《みず》ではない。

ふたつの目《め》からこぼれ落《お》ちた涙《なみだ》と――ついに降《ふ》り出《だ》した雨《あめ》だった。

HELLO WORLD

ナオミは、目《め》の前《まえ》に横《よこ》たわっている瑠璃《るり》を、じっと見《み》つめつづけていた。

２０３７年《ねん》・夏《なつ》。京都第二赤十字病院《きょうとだいにせきじゅうじびょういん》。

〈アルタラ〉のある京都府庁《きょうとふちょう》にほど近《ちか》いこの病院《びょういん》の特別室《とくべつしつ》で、一行瑠璃《いちぎょうるり》はこの10年間《ねんかん》ねむりつづけている——あの花火大会《はなびたいかい》の日《ひ》からずっと。

脳死状態《のうしじょうたい》の体《からだ》。生命活動《せいめいかつどう》を維持《いじ》するための医療機器《いりょうきき》につながれた瑠璃《るり》は、脂肪《しぼう》も筋肉《きんにく》も落《お》ちてやせ細《ほそ》っている。酸素《さんそ》マスクに半《なか》ばおおわれた顔《かお》は、ろう細工《ざいく》のように白《しろ》い。

彼女《かのじょ》の頭《あたま》にかぶさるように、奇妙《きみょう》な機械《きかい》が取《と》りつけられていた。周囲《しゅうい》の医療機器《いりょうきき》とは接続《せつぞく》されていない——ナオミが医師《いし》らに無断《むだん》で持《も》ちこんだものだ。

〈計画《けいかく》〉は——うまくいった。

〈「意識《いしき》」は、量子過程《りょうしかてい》から生《しょう》じる——〉

量子物理学《りょうしぶつりがく》のある理論《りろん》では、「たましい」とは「情報《じょうほう》」だ。

〈つまり——量子精神《りょうしせいしん》を用《もち》いれば、相補的《そうほてき》な修復《しゅうふく》が可能《かのう》となる——〉

無限《むげん》の記憶領域《きおくりょういき》を持《も》つ量子記憶装置《りょうしきおくそうち》〈アルタラ〉内《ない》の、〈一行瑠璃《いちぎょうるり》〉の情報《じょうほう》。

それを改竄《かいざん》し、「堅書直実《かたがきなおみ》と恋《こい》に落《お》ちたあと、落雷《らくらい》から救《すく》われた」状態《じょうたい》に書《か》きかえる。

それに沿《そ》って、脳《のう》をもとどおりに修復《しゅうふく》する。彼女《かのじょ》の意識《いしき》を身体《しんたい》に移《うつ》す、と言《い》ってもいい。

それを〈実行《じっこう》〉してから——すでに半日《はんにち》がすぎていた。

目《め》の前《まえ》の瑠璃《るり》は、まだねむりつづけている。

（うまくいったはずだ——アクシデントはいくつかあったが、致命的《ちめいてき》じゃない……）

だいじょうぶだ、だいじょうぶ、と、いのりつづけるナオミの耳《みみ》に。

ピッ、と、かすかな音《おと》が聞《き》こえた。

顔《かお》をあげる。すがるような目《め》で、脳波計《のうはけい》のモニターを見《み》た。

いままで、ただフラットだったそのモニターの緑《みどり》の線《せん》が、波打《なみう》ちはじめていた。

「！」

ナオミはイスから立《た》ち上《あ》がる。動《うご》かない左足《ひだりあし》を引《ひ》きずりながら、ベッドの瑠璃《るり》をのぞきこんだ。

10年間《ねんかん》、閉《と》じられたままだった瑠璃《るり》のまぶたがピクリと動《うご》き——やがて、ゆっくりと開《ひら》いた。

「かた……がき、さん……？」

くちびるがふるえ、息《いき》だけの声《こえ》が、彼《かれ》の名《な》を呼《よ》んだ。

ナオミの目《め》から涙《なみだ》があふれる。そのまま彼《かれ》は、瑠璃《るり》の上《うえ》におおいかぶさるようにして泣《な》いた。

「……会《あ》いたかった！」

HELLO WORLD

08／崩壊《ほうかい》

「なんだ……これ……」

わずかな望《のぞ》みにかけて、瑠璃《るり》の自宅《じたく》にもどってきた直実《なおみ》は、目《め》の前《まえ》に信《しん》じられないものを見《み》た。

瑠璃《るり》の家《いえ》——あの大《おお》きな日本家屋《にほんかおく》が、ぶきみなドームにおおわれている。

透明《とうめい》な多角形《たかくけい》のガラスをたくさんつぎはぎにして作《つく》られたようなそれは、静《しず》かな古《ふる》い住宅街《じゅうたくがい》にはあまりにも異質《いしつ》だった。

どしゃぶりの雨《あめ》が、京都市内《きょうとしない》にも降《ふ》りはじめていた。雨《あめ》はそのドームに当《あ》たると、すいこまれるように消《き》えてしまう。

ふらふらとそこに近《ちか》づくと、ちょうど人《ひと》の視線《しせん》にあたる部分《ぶぶん》に、文字《もじ》が浮《う》かび上《あ》がっているのが見《み》えた。

【この領域《りょういき》に重大《じゅうだい》なデータ欠損《けっそん》が発生《はっせい》しました。修復《しゅうふく》が完了《かんりょう》するまで当該領域《とうがいりょういき》は使用《しよう》できません】

データ欠損《けっそん》。当該領域《とうがいりょういき》。コンピュータでよく使《つか》う言葉《ことば》。

『ここは、〈アルタラ〉に記録《きろく》された〈過去《かこ》の京都《きょうと》〉』

ナオミの言葉《ことば》がくっきりとよみがえってきた。

『おまえは、〈アルタラ〉に記録《きろく》された〈過去《かこ》の堅書直実《かたがきなおみ》〉』

自分《じぶん》も、瑠璃《るり》も、すべてが〈アルタラ〉内《ない》のデータ。

データの欠損《けっそん》とはすなわち——瑠璃《るり》の消失《しょうしつ》を意味《いみ》する。

直実《なおみ》は、そのドームをなぐりつけた。ガラスともプラスチックともちがう、ただおそろしく固《かた》い手《て》ざわり。

「開《ひら》け！　一行《いちぎょう》さんを出《だ》せよ！　一行《いちぎょう》さん！　一行《いちぎょう》さぁん!!」

バン、バン、と直実《なおみ》がドームをたたくたび、表面《ひょうめん》に黄色《きいろ》い三角《さんかく》のマークが浮《う》かび上《あ》がる。中《なか》に〈！〉が書《か》かれた注意標識《ちゅういひょうしき》。

それに呼《よ》ばれたかのように——周囲《しゅうい》に、ジッ、とデジタルノイズが走《はし》った。

「……！」

また、あのキツネ面《めん》がわき出《だ》してきたのだ。やつらの目的《もくてき》は、この領域《りょういき》の「修復《しゅうふく》」か、それとも領域《りょういき》に干渉《かんしょう》しようとしている直実《なおみ》の「排除《はいじょ》」だろう。

あのサングラスがないのにはっきりと姿《すがた》が見《み》える。やつらはもう、少《すく》なくとも直実《なおみ》には姿《すがた》を隠《かく》す必要《ひつよう》がなくなったらしい。

じりじりとせまってくる10体《たい》あまりのキツネ面《めん》に、直実《なおみ》はとっさに右手《みぎて》をかざす。

だが――なにもできない。そうだ、もう彼《かれ》の右手《みぎて》は〈神の手《グッドデザイン》〉ではないのだ。

「う……あああああ！」

直実《なおみ》は、悲鳴《ひめい》をあげながらにげだすことしかできなかった。

HELLO WORLD

ナオミは、つえを突《つ》きながら、第二赤十字病院《だいにせきじゅうじびょういん》の玄関《げんかん》を出《で》た。

目覚《めざ》めた瑠璃《るり》のそばにずっといたかったが、スマホに着信《ちゃくしん》があり、職場《しょくば》から呼《よ》び出《だ》されたのだ。

瑠璃《るり》のそばには医師《いし》たちがついている。彼《かれ》らは口々《くちぐち》に、奇跡《きせき》だ、と言《い》った。

10年《ねん》ねむっていた瑠璃《るり》は、声帯《せいたい》もおとろえていて声《こえ》も満足《まんぞく》に出《だ》せない。それに、まだ混乱《こんらん》していて、自分《じぶん》の状況《じょうきょう》もよくのみこめていないだろう。

だから、いまナオミにできることはあまりない。医師《いし》たちにまかせておいたほうがいい。

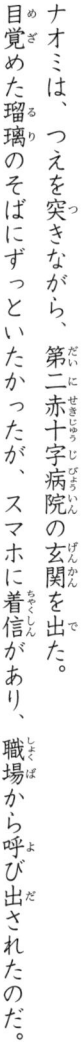

ナオミは、じりじりと夏《なつ》の日《ひ》ざしが照《て》りつける釜座通《かまんざどおり》の歩道《ほどう》を歩《ある》く。5分《ふん》も行《い》かぬうちに、正面《しょうめん》つきあたりに京都府庁《きょうとふちょう》の入《い》り口《ぐち》が見《み》えた。

歴史的建造物《れきしてきけんぞうぶつ》の旧庁舎《きゅうちょうしゃ》。その地下《ちか》にある〈京都府記録事業《きょうとふきろくじぎょう》センター〉――通称《つうしょう》〈アルタラセンター〉。

ナオミはためらいもなくその中《なか》へ入《はい》っていく。

見学者《けんがくしゃ》たちが入《はい》れない場所《ばしょ》にあるエレベーターで、地下《ちか》4階《かい》の研究室前《けんきゅうしつまえ》に立《た》つと、生体認証《せいたいにんしょう》のセンサーがナオミをスキャンして、ドアが開《ひら》いた。

ここが、ナオミの職場《しょくば》だ。

26歳《さい》の堅書直実《かたがきなおみ》の仕事《しごと》は――〈アルタラシステム管轄《かんかつ》メインディレクター〉である。

「失認領域拡大中《しつにんりょういきかくだいちゅう》！」

「自立記録《じりつきろく》の調整《ちょうせい》モジュールを増《ふ》やしましょう」

「もう代謝上限《たいしゃじょうげん》なんです！」

ドアが開《ひら》くと同時《どうじ》に、人々《ひとびと》のあわただしいやりとりが押《お》しよせてきた。

アラート音《おん》が鳴《な》りひびいている。パネルをたたく音《おと》。点滅《てんめつ》するなにかのランプ。一目《ひとめ》で非常事態《ひじょうじたい》が起《お》こっているとわかる。

「ナオミー！」

研究室《けんきゅうしつ》に歩《あゆ》み入《い》ったナオミを、泣《な》きそうな顔《かお》でふりかえったのは、太《ふと》った初老《しょろう》の男性《だんせい》だった。ラフなTシャツと短《たん》パンの上《うえ》に白衣《はくい》をはおった彼《かれ》は、アルタラセンター総合《そうごう》プロジェクトリーダー、京斗大学《けいとだいがく》の千古恒久教授《せんこつねひさきょうじゅ》である。

「記録《きろく》の一部《いちぶ》が損傷《そんしょう》してるんだよ」

千古教授《せんこきょうじゅ》の前《まえ》には、大《おお》きなテーブルのような形《かたち》の監視《かんし》モニターがあった。あちこちでエラーの表示《ひょうじ》が出《で》ている。周囲《しゅうい》には、主立《おもだ》った研究員《けんきゅういん》たちがみな集《あつ》まっている。

「原因《げんいん》が特定《とくてい》できていません」

ややなまりのある日本語《にほんご》でそう言《い》った女性《じょせい》は、千古《せんこ》の助手《じょしゅ》である中国人《ちゅうごくじん》の徐依依《シューイーイー》だった。

「ナオミ、わかる？」

教授《きょうじゅ》が心底困《しんそここま》ったという顔《かお》で言《い》う。

もちろん、ナオミにはわかっていた。こうなった原因《げんいん》は自分《じぶん》にある。損傷《そんしょう》した記録《きろく》。それは、ナオミが引《ひ》きぬいてきた〈一行瑠璃《いちぎょうるり》のデータ〉なのだから。

だが――ナオミは顔色《かおいろ》ひとつ変《か》えずに言《い》った。

「原因《げんいん》はわかりませんが、それより状況《じょうきょう》のほうが問題《もんだい》です」

パネルのエラーが出《で》ている場所《ばしょ》を指《ゆび》さす。

「破損部《はそんぶ》が影響源《えいきょうげん》になって、ほかの記録《きろく》にも改変《かいへん》が広《ひろ》がっている。このままだとバタフライエフェクトが閾値《いきち》を超《こ》えるでしょう」

わかっていたことだ。わずかな改変《かいへん》がほかの改変《かいへん》を呼《よ》び、やがて修正不可能《しゅうせいふかのう》なほどずれていく。

〈ブラジルの1匹《ぴき》のチョウの羽《は》ばたきが、テキサスで竜巻《たつまき》を引《ひ》き起《お》こす〉という有名《ゆうめい》な言葉《ことば》のとおりに。

「連鎖崩壊《れんさほうかい》、だね……」

千古教授《せんこきょうじゅ》がため息《いき》をついた。ほかの研究員《けんきゅういん》たちも青《あお》ざめる。

「時間《じかん》の問題《もんだい》です。どうしますか」

ナオミにたずねられ、千古教授《せんこきょうじゅ》は腕組《うでぐ》みをして天井《てんじょう》をあおいだ。

「……〈リカバリー〉だなぁ」

研究室《けんきゅうしつ》がどよめく。それは〈アルタラ〉のデータを一部消去《いちぶしょうきょ》し、再起動《さいきどう》することだ。このプロジェクト始《はじ》まって以来《いらい》の緊急事態《きんきゅうじたい》である。

「ハードの損壊《そんかい》だけは避《さ》けんと。記録《きろく》を全部《ぜんぶ》ブロック化《か》して取《と》り出《だ》そう。修復《しゅうふく》はそのあとだな。うひー、オオゴトだ」

ふだんどんなにおちゃらけていても、千古教授《せんこきょうじゅ》の決断《けつだん》は早《はや》く、いつも正《ただ》しい。

「ナオミ、すぐかかれる?」

休日《きゅうじつ》に呼《よ》び出《だ》したことを申《もう》しわけなく思《おも》っているのか、教授《きょうじゅ》はナオミを上目《うわめ》づかいに見上《みあ》げた。

「はい。着替《きが》えてきます」

すぐにうなずいて、ナオミは研究室《けんきゅうしつ》をあとにした。同《おな》じ棟内《とうない》にある私室《ししつ》へと向《む》かう。長時間勤務《ちょうじかんきんむ》や緊急呼《きんきゅうよ》び出《だ》しが多《おお》い〈アルタラ〉所属上級研究員《しょぞくじょうきゅうけんきゅういん》は、いつでも仮眠《かみん》が取《と》れるよう、上階《じょうかい》に個《こ》室《しつ》があたえられていた。

エレベーターでプライベートエリアに上《あ》がり、自分《じぶん》の部屋《へや》に入《はい》る。

作業着《さぎょうぎ》に着替《きが》えるため、服《ふく》を脱《ぬ》いだナオミのはだかの背中《せなか》には、背骨《せぼね》を中心《ちゅうしん》にしてひどいやけどのあとが広《ひろ》がっていた。

それは一度《いちど》や二度《にど》の事故《じこ》ではなく、何度《なんど》も何度《なんど》も同《おな》じ場所《ばしょ》に強《つよ》い熱《ねつ》——あるいは電流《でんりゅう》が走《はし》ったことを示《しめ》している。

服《ふく》を脱《ぬ》ぐ動作《どうさ》で、そのやけどあとがひきつれて痛《いた》む。ナオミは苦笑《にがわら》いをしながら、そばのイスの背《せ》に無造作《むぞうさ》に投《な》げかけられた黒《くろ》いベストに目《め》をやった。

「さんざん苦《くる》しめられたこれとも、もうおわかれだな」

そのベストには表面《ひょうめん》に無数《むすう》の電気配線《でんきはいせん》が走《はし》り、机《つくえ》の上《うえ》のノートPCに接続《せつぞく》されていた。色《いろ》が黒《くろ》なのでわかりづらいが、よく見《み》るとベストの内側《うちがわ》には、血《ち》や皮膚《ひふ》の一部《いちぶ》がこびりついている。

ナオミはしばらく着替《きが》える手《て》を止《と》め、ベストとPCを静《しず》かに見《み》つめた。

彼《かれ》が、この計画《けいかく》を思《おも》いついたのは、瑠璃《るり》が事故《じこ》にあってから4年《ねん》ほどあとだった。

京斗大学《けいとだいがく》に進学《しんがく》したナオミは、千古教授《せんこきょうじゅ》の講義《こうぎ》を受《う》け、脳死状態《のうしじょうたい》のネズミに量子精神《りょうしせいしん》を移植《いしょく》し〝生《い》き返《かえ》らせる〟実験映像《じっけんえいぞう》を見《み》た。

そのとき、彼《かれ》の頭《あたま》の中《なか》に〝それ〟はひらめいたのだ。

〈アルタラ〉計画《けいかく》のことは知《し》っていた。千古教授《せんこきょうじゅ》がその中心人物《ちゅうしんじんぶつ》であることも。

あの量子記憶装置内《りょうしきおくそうちない》のデータを使《つか》えば、瑠璃《るり》を目覚《めざ》めさせることができる。

そのために――ナオミは、必死《ひっし》に勉強《べんきょう》した。その後《ご》の人生《じんせい》の時間《じかん》のすべてを、〈アルタラ〉システム研究室《けんきゅうしつ》の一員《いちいん》になるためについやした。

千古教授《せんこきょうじゅ》は天才《てんさい》だった。ふだんはじょうだんばかり言《い》い、子《こ》どものような遊《あそ》びに夢中《むちゅう》になって周囲《しゅうい》の人間《にんげん》を困《こま》らせる。それでも彼《かれ》は本物《ほんもの》だった。

教授《きょうじゅ》に追《お》いつくため、ナオミは寝《ね》る間《ま》もおしんで勉強《べんきょう》を続《つづ》けた。

むずかしい試験《しけん》を何度《なんど》もクリアし、その願《ねが》いはかなえられた。若《わか》くして、教授《きょうじゅ》の右腕《みぎうで》と呼《よ》ばれるようになった。システム管轄《かんかつ》メインディレクターという最高《さいこう》の地位《ちい》を得《え》た。

だが、それはゴールではなかった。そこからが、ナオミの本当《ほんとう》の戦《たたか》いだった。

〈アルタラ〉内《ない》に「自分《じぶん》」を送《おく》りこむ――入《はい》りこむための装置《そうち》を考案《こうあん》し、作《つく》りあげた。

実験《じっけん》は何度《なんど》やっても失敗《しっぱい》した。脊椎《せきつい》に接続《せつぞく》した電極《でんきょく》からの衝撃《しょうげき》で、彼《かれ》の背中《せなか》は焼《や》けただれ、140回目《かいめ》の失敗《しっぱい》で、ついに左足《ひだりあし》が動《うご》かなくなった。

それでも、ナオミはやめなかった。あきらめるわけにはいかなかった。

くじけそうになるといつも、病院《びょういん》でねむる瑠璃《るり》の見舞《みま》いに行《い》った。

彼女《かのじょ》と出会《であ》ってから事故《じこ》までの毎日《まいにち》を思《おも》い出《だ》し、細《こま》かくノートに書《か》きつけた。

高校生《こうこうせい》のころの自分《じぶん》は、奇跡《きせき》を願《ねが》って千羽鶴《せんばづる》を折《お》るぐらいのことしかできなかった。

だがいまはちがう。彼女《かのじょ》のためにできることがある。

そのために、足《あし》の1本《ぽん》や2本《ほん》、なくなってもかまわない。

そして――336回目《かいめ》の実験《じっけん》で。

ナオミは千本鳥居《せんぼんとりい》をくぐりぬけ――直実《じぶん》と出会《であ》ったのだ。

ナオミは大《おお》きく息《いき》をはき、ふり切《き》るように部屋《へや》を出《で》た。

HELLO WORLD

〈アルタラ〉プロジェクトルームには、ピリピリとした空気《くうき》が張《は》りつめていた。もうだれも言葉《ことば》を発《はっ》しない。無言《むごん》で自分《じぶん》の作業《さぎょう》に集中《しゅうちゅう》している。

もう日付《ひづけ》が変《か》わっているが、帰《かえ》るものはだれもいない。

やがて――中央《ちゅうおう》のモニターに文字《もじ》が浮《う》かんだ。

『リカバリー準備完了《じゅんびかんりょう》　実行《じっこう》しますか？』

ナオミは、背後《はいご》に立《た》っている千古教授《せんこきょうじゅ》をふりかえった。教授《きょうじゅ》は残念《ざんねん》そうにうなずく。

「しょうがないね」

ナオミもうなずき、パネルに手《て》をかざす。

『YES《イエス》』の文字《もじ》にふれようとして――手《て》が止《と》まった。

これを押《お》せば――あの世界《せかい》は消《き》える。

自分《じぶん》が3か月間《げつかん》すごした『記録《きろく》の世界《せかい》』。

あの世界《せかい》に瑠璃《るり》はもういない。自分《じぶん》がうばい取《と》ったから。

どうせ、放《ほう》っておいてもいずれは連鎖崩壊《れんさほうかい》する――そう自分《じぶん》を納得《なっとく》させようとしても、心《こころ》がズキンと痛《いた》んだ。

直実《なおみ》の顔《かお》が浮《う》かぶ。情《なさ》けなく気弱《きよわ》だった高校生《こうこうせい》の自分《じぶん》。だまして特訓《とっくん》させていたのに、自分《じぶん》を信《しん》じて、まるで兄《あに》を見《み》るような目《め》を向《む》けてきた。

そして自分《じぶん》もまた――いつしか弟《おとうと》のように思《おも》いはじめていた。だから、古本市《ふるほんいち》を成功《せいこう》させるという、記録《きろく》にないことを助《たす》けてしまった。

「ナオミ?」

千古教授《せんこきょうじゅ》が、心配《しんぱい》そうに声《こえ》をかけた。ナオミは息《いき》を整《ととの》える。

静《しず》かに、『YES《イエス》』の文字《もじ》を押《お》した。パネルが切《き》り替《か》わる。

リカバリーの工程表《こうていひょう》が表示《ひょうじ》され、進行度合《しんこうどあ》いのカウンターが点滅《てんめつ》しはじめた。

「なんだこれ……なんなんだこれ……」

どしゃぶりの雨《あめ》が続《つづ》いていた。

にげてにげて、にげ回《まわ》り、ようやく道《みち》ばたに停《と》めてあった軽《けい》トラックの下《した》にもぐりこんだ直実《なおみ》は、がたがたとふるえながら視線《しせん》をめぐらせる。

キツネ面《めん》の男《おとこ》たちがあとからあとからわき出《だ》している——もう、見《み》える範囲《はんい》だけでも何百体《なんびゃくたい》いるかわからない。

そのキツネ面《めん》たちが、いっせいに動《うご》きを止《と》めた、と思《おも》うと。

とつぜん、そのすべての額《ひたい》に、巨大《きょだい》な第《だい》三の目《め》が開《ひら》いた。

まがまがしい黄色《きいろ》い目《め》。赤《あか》い瞳《ひとみ》。

彼《かれ》らのはめている白《しろ》い手《て》ぶくろも、一瞬《いっしゅん》で赤《あか》く変《か》わる。

キツネ面《めん》たちの動《うご》きも変《か》わった。いままでの、あののろのろとした足取《あしど》りとはまるでちがうすばやい動作《どうさ》で、彼《かれ》らはいそがしそうに走《はし》り回《まわ》りはじめる。

彼《かれ》らは、あるものはしゃがみ、あるものは飛《と》び、そのあたりにある、あらゆるものにさわりはじめた。赤《あか》い手《て》ぶくろがふれた場所《ばしょ》は、まるでぐずぐずとくずれるようにとけて、やがてデジタルノイズとなって消滅《しょうめつ》していく。

あの手《て》ぶくろは——〈神の手《グッドデザイン》〉と同《おな》じものだ。

彼《かれ》らはそれをつかって——世界《せかい》を消《け》し去《さ》っている。

「なんで……なにが……」

やがてキツネ面《めん》たちは、直実《なおみ》が隠《かく》れているトラックにもとりつき、荷台《にだい》から消《け》し去《さ》りはじめた。

直実《なおみ》はさけび声《ごえ》をあげながらはい出《で》て、走《はし》り出《だ》す。

もう彼《かれ》らは、直実《なおみ》にはそれほど関心《かんしん》がないようだった。

ひたすらに、ひたすらに、世界《せかい》を消《け》していく。

建物《たてもの》や車《くるま》だけではない。地面《じめん》そのものすら、彼《かれ》らがふれたところから消《き》えうせていく。

平安神宮《へいあんじんぐう》も。東寺《とうじ》の五重塔《ごじゅうのとう》も。清水寺《きよみずでら》も。二条城《にじょうじょう》も。京都御所《きょうとごしょ》も。

京都駅《きょうとえき》も。錦高校《にしきこうこう》も。京都《きょうと》タワーも。鴨川《かもがわ》も。雙ヶ岡《ならびがおか》も。大文字山《だいもんじやま》も。

自然《しぜん》のものも人工《じんこう》のものも、生《い》き物《もの》もそれ以外《いがい》もみな等《ひと》しく、無《む》になろうとしている。

直実《なおみ》は走《はし》った。ただ走《はし》ることしかできなかった。

なんで、なんでこんなことに、と、さけびながら。

ただわかるのは、自分《じぶん》は先生《せんせい》に——未来《みらい》の、外《そと》から来《き》た自分《じぶん》に、だまされていたということだ。

瑠璃《るり》の生《い》きていた記録《きろく》がほしい、ただそれだけでいい、なんて、ウソっぱちだった。

先生《せんせい》は、最初《さいしょ》からたくらんでいた。瑠璃《るり》をうばい去《さ》るために自分《じぶん》を利用《りよう》した。

「なんで……なんで……」

だったらなんで、あんなふうにやさしくしたんだ。

古本市《ふるほんいち》を開《ひら》くのに協力《きょうりょく》してくれたりしたんだ。

本当《ほんとう》の——兄《あに》のように思《おも》いはじめていたのに！

ふいに——ぐらり、と足《あし》もとがゆれた。

「……う、うわぁぁぁぁぁ！」

地面《じめん》がかたむいた。どんどんかたむいた。めくれ上《あ》がるように。

直実《なおみ》はとっさに、そばにあった電柱《でんちゅう》にしがみついた。世界《せかい》がかたむいていく。電柱《でんちゅう》にぶら下《さ》がったようになった直実《なおみ》の前《まえ》を、自動車《じどうしゃ》が、家《いえ》の屋根《やね》が、根《ね》こそぎにされた木《き》が吹《ふ》き飛《と》んでいく。

地面《じめん》はもう垂直《すいちょく》に立《た》ち上《あ》がっていた。空《そら》が真横《まよこ》に広《ひろ》がっていた。

必死《ひっし》に電柱《でんちゅう》によじ登《のぼ》りまたがって、直実《なおみ》はぼうぜんと、目《め》の前《まえ》の「空《そら》」を見《み》る。

なにもなかった。ただ、赤《あか》いオーロラがうず巻《ま》いていた。

世界《せかい》の破片《はへん》はなだれをうつように空《そら》へ向《む》かってすいこまれていった。大《おお》きな寺院《じいん》のかわら屋根《やね》が。コンクリートのビルの残《ざん》がいが。

うず巻《ま》く赤《あか》い光《ひかり》は、アリ地獄《じごく》のようだった。なにもかもをすいこんでいく。

「街《まち》が……世界《せかい》が……消《け》される……」

直実《なおみ》は放心《ほうしん》したようにつぶやく。

「僕《ぼく》は……死《し》ぬ？」

『おまえは、〈アルタラ〉に記録《きろく》された〈過去《かこ》の堅書直実《かたがきなおみ》〉』

『記録世界《きろくせかい》〈アルタラ〉のデータ』

もう見《み》たくない過去《かこ》の写真《しゃしん》を消去《しょうきょ》するように。

いま、だれかが――おそらくナオミが、この世界《せかい》を消《け》し去《さ》ろうとしているのだ。

「……いぢぎょうざんっ……」

涙《なみだ》があふれてとまらない。なにもできないのか。結局自分《けっきょくじぶん》にはなにも。

赤《あか》いすりばちの底《そこ》には、黒《くろ》い大《おお》きな穴《あな》があいていた。直実《なおみ》が創《つく》り出《だ》したブラックホールのように、なにも見《み》えない穴《あな》だった。

直実《なおみ》は、ハッとなる。

そうだ。あれは、図書館《としょかん》の前《まえ》で最初《さいしょ》に赤《あか》いオーロラを見《み》たとき。

やっぱり、空《そら》に穴《あな》があいていた。あのカラスは、そこを通《とお》りぬけてきた。

（あの向《む》こうが――どこかにつながっている可能性《かのうせい》、は？）

一瞬《いっしゅん》だけ考《かんが》えて、直実《なおみ》は頭《あたま》をふる。そんなわけがない。

ふりかえると、後《うし》ろにキツネ面《めん》たちがいた。垂直《すいちょく》に立《た》った地面《じめん》から、直実《なおみ》のまたがっている電《でん》信柱《しんばしら》にとりついて、こちらに進《すす》んでこようとしている。

もうダメだ。自分《じぶん》も消《け》される。ここで死《し》ぬ。デジタルノイズになって。

だったら同《おな》じじゃないか。

もう一度《いちど》だけ、イチかバチか。いや、何百分《なんびゃくぶん》の一、何千分《なんぜんぶん》の一の確率《かくりつ》にかけたって。

中止《ちゅうし》になるはずだった古本市《ふるほんいち》を成功《せいこう》させたように。

ブラックホールを創《つく》り出《だ》して、瑠璃《るり》を救《すく》ったように。

直実《なおみ》は、ふらつきながら電信柱《でんしんばしら》の上《うえ》に立《た》ち上《あ》がった。

もうすぐそこにせまってきたキツネ面《めん》の手《て》からのがれ。

直実《なおみ》は飛《と》んだ。

赤《あか》いオーロラがうず巻《ま》く、かなたの空《そら》へ向《む》かって。

HELLO WORLD
ハロー・ワールド

用《よう》語《ご》解《かい》説《せつ》 パート1

いろんな難《むずか》しい用語《ようご》が出《で》てきたと思《おも》うけど、ここから少《すこ》しずつ解説《かいせつ》していきます。

量子《りょうし》コンピュータ

これまでの「0」と「1」の組《く》み合《あ》わせで計算《けいさん》されていたコンピュータと異《こと》なり、原子《げんし》サイズの小《ちい》さな世界《せかい》で起《お》こる量子力学《りょうしりきがく》を利用《りよう》して計算《けいさん》する次世代型《じせだいがた》のコンピュータのこと。複雑《ふくざつ》で膨大《ぼうだい》な量《りょう》の計算《けいさん》・処理《しょり》が一瞬《いっしゅん》でできる。

バタフライエフェクト

ほんの些細《ささい》な変化《へんか》が、未来《みらい》の結果《けっか》を大《おお》きく不《ふ》規則《きそく》に変《か》えてしまうこと。カオス理論《りろん》の一部《いちぶ》でバタフライ効果《こうか》とも言《い》う。瑠璃《るり》が落雷事故《らくらいじこ》を回避《かいひ》したことで、本来《ほんらい》あるべき記録《きろく》(歴史《れきし》)へ修復《しゅうふく》しようとし、＜アルタラ＞は暴走《ぼうそう》した。

09／真実《しんじつ》

直実《なおみ》の周《まわ》りに光《ひかり》がうずを巻《ま》いていた。

めちゃくちゃにふり回《まわ》され、上《うえ》も下《した》もわからない。

虹色《にじいろ》の光《ひかり》が点滅《てんめつ》し、マーブル模様《もよう》になったかと思《おも》えば幾何学模様《きかがくもよう》に変化《へんか》し、二重《にじゅう》のらせんに巻《ま》きこまれたと思《おも》ったら、とつぜん目《め》の前《まえ》に海《うみ》が広《ひろ》がり。

クラゲのような、クジラのような、恐竜《きょうりゅう》のような影《かげ》が目《め》の前《まえ》を横切《よこぎ》り。

自分《じぶん》の体《からだ》が何百《なんびゃく》にもくだけたように感《かん》じ、あるいは世界《せかい》をのみこむほどにふくれ上《あ》がり。

一瞬《いっしゅん》のような、永遠《えいえん》のような、そんな時間《じかん》のあと。

直実《なおみ》は——奇妙《きみょう》な場所《ばしょ》に立《た》っていた。


神社《じんじゃ》だ、と、まず思《おも》った。等間隔《とうかんかく》にならんだ古《ふる》びた木《き》の柱《はしら》。ぴかぴかにみがきあげられた床板《ゆかいた》。

しかし、神《かみ》さまを祀《まつ》った本殿《ほんでん》ではなかった。境内《けいだい》によくある舞台《ぶたい》だ。ときどきお神楽《かぐら》とか豆《まめ》まきとかをやっている。

目《め》の前《まえ》は白砂《しらすな》の庭《にわ》になっていて、完璧《かんぺき》な円錐《えんすい》の形《かたち》の砂山《すなやま》がふたつならんでいる。

上賀茂神社《かみがもじんじゃ》だ。雷神《らいじん》を祀《まつ》っている京都《きょうと》の古《ふる》い神社《じんじゃ》。

この砂山《すなやま》は、たしか立砂《たてずな》とかいう名前《なまえ》で——その前《まえ》にあるここは、重要文化財《じゅうようぶんかざい》に指定《してい》されている細殿《ほそどの》とかいう建物《たてもの》のはずだ。

だが——そこにあるのはそれだけだった。

本当《ほんとう》なら向《む》こう側《がわ》に見《み》えているはずの本殿《ほんでん》も、それどころか、空《そら》も、地面《じめん》も、なにもなかった。

あるのはめちゃくちゃにまぜ合《あ》わされた色《いろ》だけだった。

ときどきありえないぐらい大《おお》きな目《め》や口《くち》が浮《う》かんだと思《おも》ったら、隕石《いんせき》のようなものが降《ふ》ってきてかき消《き》えた。波《なみ》が打《う》ちよせて空間《くうかん》が割《わ》れ、そのすきまから宇宙《うちゅう》が見《み》えた。

もうなにがなんだかわからなかった。

「僕《ぼく》は……死《し》んだ？」

そうにちがいない。ここは、この場所《ばしょ》は、一言《ひとこと》で表《あらわ》すなら「死後《しご》の世界《せかい》」というものなのだろう。天国《てんごく》なのか地獄《じごく》なのかはよくわからないが。

『いいえ、死《し》んでいません』

声《こえ》がした。ハッとして見《み》ると、目《め》の前《まえ》の床《ゆか》に——カラスがいた。

あのカラスだ。3本足《ぼんあし》のカラス。〈神の手《グッドデザイン》〉のカラス。

『堅書直実《かたがきなおみ》さん』

カラスはまた言《い》った。女《おんな》の声《こえ》だった。しかし感情《かんじょう》がない。コンピュータで合成《ごうせい》されたアナウンス音声《おんせい》のようだ。

「きみ……しゃべれたの？」

『しゃべれます。ですから、あなたの質問《しつもん》に答《こた》えます。あなたは死《し》んでいません』

「そうなの？」

『そうです。私《わたし》は、あなたの味方《みかた》です』

「……味方《みかた》？」

直実《なおみ》は身《み》がまえた。なにをいけしゃあしゃあと、一度裏切《いちどうらぎ》ったくせに。

だが——よく見《み》ると、そのカラスの額《ひたい》には一部《いちぶ》だけ、金色《きんいろ》の羽毛《うもう》が生《は》えていた。前《まえ》のカラスは真《ま》っ黒《くろ》だった。別《べつ》のカラスなのだろうか。

『堅書直実《かたがきなおみ》さん』

カラスは言《い》った。

『あなたの手《て》で、一行瑠璃《いちぎょうるり》を取《と》りもどすのです』

「一行《いちぎょう》さんを……取《と》りもどす？」

混乱《こんらん》して、同《おな》じことをくりかえすしかできない直実《なおみ》に、カラスは続《つづ》けた。

『世界《せかい》がゆがんでいます。修復《しゅうふく》システムは、ゆがみを正《ただ》すため、一行瑠璃《いちぎょうるり》の抹消《まっしょう》を試《こころ》みるでしょう。あるべきものを、あるべき場所《ばしょ》へ。この世界《せかい》の一行瑠璃《いちぎょうるり》を、この世界《せかい》へ取《と》りもどすのです』

「そんなこと言《い》ったって……」

直実《なおみ》は苦笑《にがわら》いしながら自分《じぶん》の右手《みぎて》を見《み》つめる。

「僕《ぼく》には……なんの力《ちから》もない……」

『いいえ』

カラスはそう言《い》うと、いきなり飛《と》び立《た》った。そのまま直実《なおみ》に向《む》かって飛《と》びこんでくる。

思《おも》わず顔《かお》をかばった直実《なおみ》の右手《みぎて》にぶつかって、カラスは変形《へんけい》した。あのときのように、右手《みぎて》を包《つつ》みこむ。

「……これは……！」

それは手《て》ぶくろだった。まぎれもない〈神の手《グッドデザイン》〉だった。

『あなたには力《ちから》があります。訓練《くんれん》し、積《つ》みあげた、あなた自身《じしん》の力《ちから》が』

手《て》ぶくろから声《こえ》がした。

「……きみはいったい……」

『私《わたし》は、3か月間《げっかん》あなたの努力《どりょく》を見続《みつづ》けてきた、ただのカラスです』

手《て》ぶくろが光《ひか》りはじめる。うなり声《ごえ》さえあげるように。

『堅書直実《かたがきなおみ》さん』

カラスは問《と》いかけた。

『彼女《かのじょ》が、ほしい？』

それは、あのときと同《おな》じ質問《しつもん》だった。あのとき——先生《ナオミ》が自分《じぶん》に問《と》いかけた。

あのとき、自分《じぶん》は「別《べつ》に……」と答《こた》えた。だって、あのときの自分《じぶん》には「彼女《かのじょ》」と言《い》われても、なにも具体的《ぐたいてき》なイメージなんて浮《う》かばなかったから。

でも、いまはちがう。

彼女《かのじょ》が、ほしい。

一行瑠璃《いちぎょうるり》が、ほしい。

うばわれた彼女《かのじょ》を、この手《て》に取《と》りもどしたい。

「——はいっ！」

力強《ちからづよ》くさけび、〈神の手《グッドデザイン》〉を上《うえ》に突《つ》きあげる。

いつのまにか、建物《たてもの》の屋根《やね》は消《き》えていた。空《そら》に虹色《にじいろ》の光《ひかり》がうずを巻《ま》き、ぽっかりと穴《あな》が現《あらわ》れた。

〈神の手《グッドデザイン》〉から、金色《きんいろ》のロープがくり出《だ》される。その穴《あな》に向《む》かって、まっすぐに。

直実《なおみ》は、そのロープに引《ひ》っ張《ぱ》りあげられるように、穴《あな》の中《なか》へ消《き》えていった。

HELLO WORLD

瑠璃《るり》は、白《しろ》い病室《びょうしつ》の白《しろ》いベッドにいた。

クッションで背中《せなか》と腰回《こしまわ》りを支《ささ》えて、やっと身《み》を起《お》こすことができるようになった。10年《ねん》寝《ね》たきりだったという体《からだ》は、思《おも》うように動《うご》かすこともできない。

10年《ねん》。あれから10年《ねん》たっている、ということが、瑠璃《るり》にはまだのみこめない。

けれど、たしかに、窓《まど》に映《うつ》る自分《じぶん》の顔《かお》は、年《とし》を取《と》っていて。

そして——いま、窓辺《まどべ》で花《はな》びんに花《はな》を生《い》けている男性《だんせい》の額《ひたい》には、見覚《みおぼ》えのある傷《きず》があった。

「落雷《らくらい》の事故《じこ》からずっと、昏睡状態《こんすいじょうたい》だったんだ。目覚《めざ》めたのは奇跡《きせき》だって」

男性《だんせい》はふりかえって、やさしく言《い》った。その声《こえ》は低《ひく》く、瑠璃《るり》の記憶《きおく》のそれとはちがうけれど、たしかにどこかになごりのようなひびきがある。

彼《かれ》——堅書直実《かたがきなおみ》は、右手《みぎて》につえを突《つ》いていた。この10年《ねん》のあいだに事故《じこ》にあい、左足《ひだりあし》が麻痺《まひ》してしまったのだという。

つえは動《うご》かない足《あし》の反対側《はんたいがわ》の手《て》で使《つか》うんだよ、知《し》ってた？　と、彼《かれ》は笑《わら》った。

「あきらめなくてよかった——また会《あ》えた」

彼《かれ》は泣《な》いていた。大人《おとな》の男性《だんせい》が涙《なみだ》を流《なが》しているのを見《み》て、瑠璃《るり》はとまどう。

でも——もう自分《じぶん》も大人《おとな》なのだ。まるで実感《じっかん》がないけれど。

「覚《おぼ》えてる？　あの日《ひ》——花火《はなび》のときのこと」

花火《はなび》、と言《い》われても、瑠璃《るり》にはよくわからなかった。自分《じぶん》は花火大会《はなびたいかい》の会場《かいじょう》で落雷《らくらい》に打《う》たれたのだと医師《いし》からも聞《き》いたが、そもそも瑠璃《るり》には花火大会《はなびたいかい》に直実《なおみ》と行《い》った覚《おぼ》えがない。

ただその代《か》わりに、奇妙《きみょう》な記憶《きおく》があった。

部屋《へや》で本《ほん》を読《よ》んでいたら、とつぜんどこかの橋《はし》の上《うえ》にいて、直実《なおみ》がいて、いきなり彼《かれ》が魔法《まほう》を使《つか》って落雷《らくらい》をすいこんだ。自分《じぶん》は物語《ものがたり》のヒロインのように、彼《かれ》にだきしめられうっとりとして、
そして……。

でもそんなことが現実《げんじつ》にあるわけがない。

だから、あれは、10年《ねん》ねむっているあいだに見《み》た夢《ゆめ》なのだろう。

本当《ほんとう》はきっと、この人《ひと》の言《い》うように、自分《じぶん》は花火大会《はなびたいかい》に行《い》き、事故《じこ》にあったのだろう。

彼《かれ》がベッドに近《ちか》づき、なにかをさし出《だ》した。

花《はな》とクジャクの羽《はね》がデザインされた青《あお》いしおりだった。瑠璃《るり》が大事《だいじ》に使《つか》っていたお気《き》にいり。

「ずっと待《ま》っていた……やっとあの日《ひ》の続《つづ》きが始《はじ》まるんだ」

彼《かれ》がそっと瑠璃《るり》をだきよせた。顔《かお》が近《ちか》づいてくる。

瑠璃《るり》は思《おも》わず体《からだ》をこわばらせた。

とつぜん、頭《あたま》の中《なか》に、「あの本《ほん》」が浮《う》かんだ。

あの本《ほん》。あの『大湖底都市《だいこていとし》』。

駐輪場《ちゅうりんじょう》で燃《も》えた本《ほん》。彼《かれ》がよみがえらせてくれた本《ほん》。貸出《かしだし》カードの名前《なまえ》。

告白《こくはく》された日《ひ》の図書準備室《としょじゅんびしつ》。夕日《ゆうひ》に照《て》らされたテーブル。

「……あの、本《ほん》」

まだうまく出《だ》せない声《こえ》を、かろうじてしぼりだす。

「あの本《ほん》……？」

彼《かれ》は聞《き》きかえした。なんのことかわからない、という声《こえ》だった。

瑠璃《るり》は、とっさに彼《かれ》の胸《むね》を突《つ》きはなした。

「あなたは——堅書《かたがき》さんじゃない」

彼《かれ》は、絶望《ぜつぼう》したような顔《かお》をした。

HELLO WORLD

「あなたは——堅書《かたがき》さんじゃない」

瑠璃《るり》がかすれた声《こえ》で言《い》った。ナオミは息《いき》をつめる。

なにを言《い》われているのか最初《さいしょ》はわからなかった。自分《じぶん》はまぎれもなく堅書直実《かたがきなおみ》だ。

だが、すぐに理解《りかい》する。彼女《かのじょ》の言葉《ことば》の意味《いみ》を。

『あなたは（私《わたし》の知《し》っている）堅書《かたがき》さんじゃない』

そうだ——彼女《かのじょ》にとっての堅書直実《かたがきなおみ》は——自分《じぶん》ではなく、あの直実《なおみ》だ。

絶望《ぜつぼう》がこみあげて、しかしナオミは頭《あたま》をふる。

まだだ。まだだいじょうぶだ。どうにだってごまかしようはある。彼女《かのじょ》はまだ混乱《こんらん》している。

うまくとりつくろえばいい。そのぐらいのことはしてみせる。

まず、その「本《ほん》」のことを聞《き》き出《だ》さなくては。

ナオミが口《くち》を開《ひら》きかけたとき、とつぜん、病室《びょうしつ》のドアが、がらり、と開《ひら》いた。

そこに——キツネ面《めん》の男《おとこ》が立《た》っていた。

「は？」

思《おも》わず声《こえ》が出《で》た。

作業員《さぎょういん》のような紺色《こんいろ》の制服《せいふく》。黄色《きいろ》い反射帯《はんしゃたい》。黒《くろ》い作業《さぎょう》ブーツ。不自然《ふしぜん》に長《なが》い腕《うで》。突《つ》き出《だ》された首《くび》。そして——真《ま》っ白《しろ》なキツネの面《めん》。

〈アルタラ〉の——自動修復《じどうしゅうふく》システム。

そんなものが、ここに——現実《げんじつ》の世界《せかい》に、いるはずがない。

自分《じぶん》はまぼろしを見《み》ているのかと思《おも》った。だが、同時《どうじ》にベッドの上《うえ》の瑠璃《るり》が、ひっ、と悲鳴《ひめい》をあげた。

彼女《かのじょ》にも——見《み》えている。

キツネ面《めん》は1体《たい》ではなかった。5体《たい》。10体《たい》。廊下《ろうか》をうめつくしている。

急《きゅう》に病室《びょうしつ》が暗《くら》くなった。ふりかえると、窓《まど》に——キツネ面《めん》たちが張《は》りついていた。ヤモリのように。何十体《なんじゅったい》も。

「そんな……そんなバカなことが！　ありえない！」

ナオミはさけんだ。さけびながら——気《き》がついた。

たったひとつの、そして、絶対的《ぜったいてき》な可能性《かのうせい》に。

「ここも——記録《きろく》の世界《せかい》だというのか!?」

あの直実《なおみ》の世界《せかい》が、このナオミの世界《せかい》の〈アルタラ〉の記録《きろく》であるということは。

このナオミの世界《せかい》もまた、さらに未来《みらい》の世界《せかい》の〈アルタラ〉の記録《きろく》である可能性《かのうせい》。

入《い》れ子《こ》の小箱《こばこ》のように。マトリョーシカのように。

ここもまた——記録《きろく》の京都《きょうと》である、という可能性《かのうせい》。

そんなバカな、という感情《かんじょう》と、それしかありえない、という思考《しこう》がぶつかり合《あ》う。

ナオミが固《かた》まっているうちに、廊下《ろうか》にいたキツネ面《めん》たちは病室《びょうしつ》になだれこんできた。ナオミには目《め》もくれず、ベッドの上《うえ》の瑠璃《るり》におそいかかる。

「やめろ！」

ナオミはつえをふりあげてキツネ面《めん》になぐりかかった。だが、ほかのやつらにつかまれて床《ゆか》に引《ひ》きたおされる。

1体《たい》のキツネ面《めん》が瑠璃《るり》にのしかかり、その首《くび》に手《て》をかけた。

彼女《かのじょ》を——殺《ころ》そうとしている!

〈自動修復《じどうしゅうふく》システム〉の目的《もくてき》は、異物《いぶつ》の排除《はいじょ》。

一行瑠璃《いちぎょうるり》の「肉体《にくたい》」は、この世界《せかい》の一部《いちぶ》だ。だが、ナオミが〈アルタラ〉から引《ひ》きあげてきた瑠璃《るり》の「精神《せいしん》」はそうではない。

彼《かれ》らは——瑠璃《るり》を殺《ころ》すことで、それを排除《はいじょ》しようとしている‼

「やめろ!　いますぐ彼女《かのじょ》からはなれろ!」

ナオミはうめいたが、数体《すうたい》のキツネ面《めん》にのしかかられ動《うご》くこともできない。

瑠璃《るり》の細《ほそ》い首《くび》が、手《て》ぶくろをしたその手《て》で押《お》しつぶされようとしている。

「やめろ————っ‼」

ナオミはさけんだ。

目《め》の前《まえ》が真《ま》っ赤《か》に、ついで真《ま》っ暗《くら》になった。

脳内《のうない》に自分《じぶん》の知《し》らない景色《けしき》がフラッシュバックした。

虹《にじ》のような光《ひかり》がひらめいた。世界《せかい》がかたむき、赤《あか》いうずを巻《ま》いた。崩壊《ほうかい》する京都《きょうと》。異空間《いくうかん》に浮《う》かぶ上賀茂神社《かみがもじんじゃ》の立砂《たてずな》。

自分《じぶん》の中《なか》からなにかが飛《と》び出《だ》してきた。虹色《にじいろ》の粒子《りゅうし》。爆発《ばくはつ》。

目《め》のくらむような光《ひかり》が、いきなり病室《びょうしつ》を満《み》たし、瑠璃《るり》の上《うえ》にいたキツネ面《めん》を、ナオミを押《お》さえつけていたキツネ面《めん》を、すべてなぎはらった。

キツネ面《めん》たちが病室《びょうしつ》の壁《かべ》にたたきつけられる。それらの両手両足《りょうてりょうあし》は、どこから現《あらわ》れたのか、獣《けもの》をとらえるバネじかけのワナのような金具《かなぐ》で、壁《かべ》にぬいとめられた。

解放《かいほう》された瑠璃《るり》がはげしくせきこんでいる。

ナオミも、急《きゅう》に自由《じゆう》になった体《からだ》を、おそるおそる起《お》こす。

——そこに、「直実《なおみ》」が立《た》っていた。

HELLO WORLD

ハロー・ワールド

用語解説《ようごかいせつ》 パート2

ここで解説《かいせつ》するのはこの2つ。ブラックホールは、この橋《はし》の上《うえ》で創《つく》り出《だ》したよね。

自動修復《じどうしゅうふく》システム

なんらかの要因《よういん》によって変更《へんこう》された状態《じょうたい》を本来《ほんらい》の状態《じょうたい》に戻《もど》そうとする機能《きのう》のこと。記録《きろく》された世界《せかい》では、キツネ面《めん》をかぶった人型《ひとがた》がこの処理《しょり》を行《おこな》っている。直実《なおみ》とナオミ以外《いがい》、キツネ面《めん》を視認《しにん》できない。

ブラックホール

先《さき》ごろ、その存在《そんざい》が確認《かくにん》された天体《てんたい》。想像《そうぞう》を絶《ぜっ》する質量《しつりょう》を有《ゆう》し、そこから生《う》み出《だ》される強烈《きょうれつ》な重力《じゅうりょく》からは光《ひかり》さえも逃《のが》れることができない。直実《なおみ》が創《つく》り出《だ》したブラックホールは、宇治川《うじがわ》の橋《はし》の上《うえ》で瑠璃《るり》を襲《おそ》う全《すべ》てのキツネ面《めん》を消《け》し去《さ》った。

10／大《だい》脱《だっ》出《しゅつ》

直実《なおみ》は、病室《びょうしつ》を見回《みまわ》した。

いま、この世界《せかい》に現《あらわ》れたばかりなのに、すべてが理解《りかい》できていた。

おそらく、ここへ来《く》るあいだに、自分《じぶん》は先生《せんせい》――ナオミの中《なか》を通《とお》ってきた。

そのときに、彼《かれ》と自分《じぶん》はまじりあい、彼《かれ》の記憶《きおく》は自分《じぶん》の記憶《きおく》になったのだ。

「かた……がきさん……」

ベッドの上《うえ》の瑠璃《るり》がうれしそうに笑《わら》う。起《お》き上《あ》がろうとする彼女《かのじょ》に手《て》を貸《か》すと、彼女《かのじょ》はそのまま直実《なおみ》にだきついてきた。

薄《うす》いグリーンの病衣《びょうい》を着《き》た26歳《さい》の彼女《かのじょ》は、とてもやせていたけれど、たしかに10年前《ねんまえ》の彼女《かのじょ》のおもかげがあった。うれしさとはずかしさで真《ま》っ赤《か》になりながら、直実《なおみ》は瑠璃《るり》をだきしめた。

「直実《なおみ》……だと……？」

床《ゆか》にナオミがたおれていた。目《め》を見開《みひら》き、自分《じぶん》を見《み》つめている。信《しん》じられない、という顔《かお》で。

「バカな……そんなバカな……」

そのとき、廊下《ろうか》からまたキツネ面《めん》たちが入《はい》ってきた。直実《なおみ》は瑠璃《るり》をやさしくはなすと、右手《みぎて》をそちらへ突《つ》き出《だ》した。

〈神の手《グッドデザイン》〉が光《ひか》る。虹色《にじいろ》の水晶《すいしょう》の壁《かべ》が現《あらわ》れ、キツネ面《めん》たちをのみこんだまま出入《でい》り口《ぐち》をふさいだ。

そのまま、窓《まど》のほうへ手《て》をふりぬく。同《おな》じ水晶《すいしょう》が窓《まど》の外《そと》をおおいつくし、とりついていたキツネ面《めん》たちがはじき飛《と》ばされていく。

前《まえ》の〈神の手《グッドデザイン》〉は、自分《じぶん》からはなれた場所《ばしょ》にものを創《つく》ることはできなかった。だがいまはちがう。なんでもできる。できるという確信《かくしん》があった。それは、自分《じぶん》の自信《じしん》であり、この新《あたら》しい〈神の手《グッドデザイン》〉の能力《のうりょく》だった。

「一行《いちぎょう》さん――あのキツネ面《めん》たちは、一行《いちぎょう》さんをねらってるんです」

「私《わたし》を……？」

「でも、だいじょうぶ。僕《ぼく》がなんとかしますから」

直実《なおみ》はきっぱりと言《い》った。それから、右手《みぎて》の〈神の手《グッドデザイン》〉に語《かた》りかけた。

「はずれてもらえますか」

手《て》ぶくろは光《ひか》り、カラスの姿《すがた》にもどってそばのテーブルに止《と》まった。直実《なおみ》は、ぐるりとベッドを回《まわ》りこむと、床《ゆか》でぼうぜんとしているナオミのそばへ歩《あゆ》みより――思《おも》いきりなぐりつけた。

「……っ！」

ナオミがほほを押《お》さえてまた床《ゆか》にたおれこむ。

なぐった手《て》も痛《いた》かった。心《こころ》も。

まるで、血《ち》のつながった父《ちち》や兄《あに》をなぐったかのように。

それは当《あ》たり前《まえ》だった。だって、彼《かれ》は自分《じぶん》で、自分《じぶん》は彼《かれ》なのだから。

もうわかっていた。彼《かれ》だってもうわかっているはずだった。

わかっているから、なぐらなくてはならなかった。

これは、ケジメというものだ。

ナオミはほほを押《お》さえて顔《かお》をそむけたまま動《うご》かない。

カラスがふたたび手《て》ぶくろにもどる。直実《なおみ》は、その手《て》を床《ゆか》についた。

床《ゆか》が変形《へんけい》し、脱出用《だつしゅつよう》のシューターのようなトンネルが出来上《できあ》がる。

それから立《た》ち上《あ》がり、瑠璃《るり》に手《て》をさしのべた。

「帰《かえ》りましょう。僕《ぼく》たちの場所《ばしょ》に」

直実《なおみ》と瑠璃《るり》が去《さ》ったからっぽの病室《びょうしつ》で、ナオミはただ床《ゆか》を見《み》つめていた。

いつのまにか、壁《かべ》にはりつけられていたキツネ面《めん》たちも、窓《まど》や出入《でい》り口《ぐち》をおおっていた水晶《すいしょう》も消《き》え去《さ》っていた。

夢《ゆめ》だったのか？　いや、そうではない。

だって、現《げん》に、瑠璃《るり》はベッドにいない。

とつぜん、ポケットでスマホが鳴《な》った。

のろのろと取《と》り出《だ》す。千古教授《せんこきょうじゅ》からだった。

『ナオミー！　いまどこ！』

焦《あせ》って、泣《な》きそうな声《こえ》。

「病院《びょういん》です」

『窓《まど》の外《そと》、見《み》て！』

ナオミはつえを拾《ひろ》って立《た》ち上《あ》がると、窓《まど》に歩《あゆ》みよった。

「！」

目《め》の前《まえ》の釜座通《かまんざどおり》を、キツネ面《めん》の作業員《さぎょういん》たちがおおいつくしている。

とほうもない数《かず》だった。何千《なんぜん》、何万《なんまん》というキツネ面《めん》が、北《きた》から南《みなみ》へと通《とお》りを移動《いどう》していく。

彼《かれ》らの来《く》る方角《ほうがく》には京都府庁《きょうとふちょう》――アルタラセンターがあった。

『なにが起《お》きてるのかまったくわからん！　だが、原因《げんいん》はまちがいなく〈アルタラ〉のやつだ！』

教授《きょうじゅ》の後《うし》ろで研究員《けんきゅういん》たちが悲鳴《ひめい》をあげているのが聞《き》こえた。以前《いぜん》のやつらとはちがい、こいつらはもう、だれにでも見《み》えるし、姿《すがた》を隠《かく》そうともしていないようだ。

『量子記録《りょうしきろく》ビットがループしている。保持情報《ほじじょうほう》がひたすら増《ふ》えつづけてる！』

徐依依《シューイーイー》がさけんでいる。

『論理境界《ろんりきょうかい》が決壊《けっかい》しています！』

〈アルタラ〉は、実際《じっさい》のところ、作《つく》った千古教授《せんこきょうじゅ》にも、運用《うんよう》している研究《けんきゅう》チームにも、完全《かんぜん》に理解《りかい》できているとは言《い》いがたい。

無限《むげん》の領域《りょういき》を持《も》つ量子記憶装置《りょうしきおくそうち》。それは、ただの機械《きかい》とか演算器《えんざんき》とかではなくて――〈世界《せかい》〉そのものとも言《い》えた。

それを、ただの記録装置《きろくそうち》に押《お》しとどめているのが自動修復《じどうしゅうふく》システムだ。それが働《はたら》いているからこそ、記録《きろく》は記録《きろく》であり、それ以上《いじょう》にならずにすんでいる。

ナオミには、わかっていた。

千古教授《せんこきょうじゅ》が知《し》らないことを、自分《じぶん》は知《し》っている。

このさわぎの引《ひ》き金《がね》を引《ひ》いたのは、自分《じぶん》だ。

だから——自分《じぶん》がけりをつけるしかない。

『ナオミ！　ナオミ！　すぐにもどって——』

さけぶ千古教授《せんこきょうじゅ》との通話《つうわ》を乱暴《らんぼう》に切《き》ると、ナオミは歩《ある》き出《だ》した。

HELLO WORLD

直実《なおみ》は、瑠璃《るり》を背負《せお》って、烏丸通《からすまどおり》を南《みなみ》へ、南《みなみ》へと走《はし》っていた。

『おそいです』

手《て》ぶくろがたんたんと文句《もんく》を言《い》う。そんなことを言《い》われても、もともとインドア派《は》で非力《ひりき》な直《なお》実《み》には、いくらやせているとはいえ、人《ひと》ひとりおぶって走《はし》るのは重労働《じゅうろうどう》なのだ。

「どこまで行《い》けばいいの！」

『このまま直進《ちょくしん》してください。距離《きょり》1.9キロメートル』

手《て》ぶくろの一部《いちぶ》がひゅるるとのびて、目《め》の前《まえ》に地図《ちず》を展開《てんかい》した。紙《かみ》の上《うえ》に立体像《りったいぞう》がもり上《あ》がったような奇妙《きみょう》な地図《ちず》だ。

『そこに、一行瑠璃《いちぎょうるり》を〈アルタラ〉へ再変換《さいへんかん》するために最適《さいてき》な空間座標《くうかんざひょう》があります』

地図《ちず》が示《しめ》しているのは、JR京都駅《ジェイアールきょうとえき》だった。

『〈京都駅《きょうとえき》ビル・大階段《だいかいだん》〉をめざしてください』

後《うし》ろからは、キツネ面《めん》たちが追《お》ってくる。通《とお》りいっぱいに広《ひろ》がって、車道《しゃどう》も歩道《ほどう》もおかまいなしだ。車《くるま》のクラクションと人々《ひとびと》の悲鳴《ひめい》がひびきわたる。

『追《お》いつかれます』

「えぇい！」

直実《なおみ》はふりかえると、その場《ば》にしゃがんで地面《じめん》に手《て》を突《つ》いた。〈神の手《グッドデザイン》〉から衝撃《しょうげき》がほとばしり、通《とお》りをふさぐような巨大《きょだい》な壁《かべ》がせり上《あ》がる。

「すごい……」

瑠璃《るり》がぼうぜんとつぶやく。彼女《かのじょ》には、なにが起《お》きているのかまったくわからないだろう。夢《ゆめ》の中《なか》にいると思《おも》っているのかもしれない。

しかし、キツネ面《めん》たちは壁《かべ》をよじ登《のぼ》り、こちら側《がわ》へ顔《かお》を出《だ》す。

「うひぃ！」

直実《なおみ》はふたたび走《はし》り出《だ》した。しかしもう限界《げんかい》が近《ちか》い。

『乗《の》り物《もの》を出《だ》しますか？　自動車《じどうしゃ》、バイク……』

手《て》ぶくろが問《と》いかける。だが、そんなものを出《だ》されても直実《なおみ》は運転《うんてん》できない。

『自転車《じてんしゃ》』

「それだ！」

目《め》の前《まえ》に自転車《じてんしゃ》が現《あらわ》れた。直実《なおみ》は荷台《にだい》に瑠璃《るり》を乗《の》せると全力《ぜんりょく》でこぎはじめる。

みるみるうちに、背後《はいご》のキツネ面《めん》たちが遠《とお》ざかっていく。

「これなら——！」

しかし、喜《よろこ》んだのはつかの間《ま》だった。さらにスピードをあげようとしたとき、前方《ぜんぽう》にもキツネ面《めん》の群《む》れが見《み》え、直実《なおみ》はあわてて横道《よこみち》に入《はい》った。

「なんで!?　後《うし》ろから生《う》まれてくるんじゃないの!?」

『〈アルタラ〉の影響域《えいきょういき》が拡大《かくだい》しているようです。影響下《えいきょうか》の領域《りょういき》ならば、どのアドレスからでも発生可能《はっせいかのう》です』

「そんなの、どうやってにげるのさ！」

直実《なおみ》は、ひたすらペダルをこぎ、交差点《こうさてん》を曲《ま》がった。碁盤《ごばん》の目状《めじょう》の京都《きょうと》の道《みち》を、あみだくじのように走《はし》り回《まわ》る。

キツネ面《めん》たちは、なにもないところからとつぜん出現《しゅつげん》し、彼《かれ》の行《ゆ》く手《て》をふさぐ。直実《なおみ》は〈神の手《グッドデザイン》〉で障害物《しょうがいぶつ》を出《だ》しながら、とにかく必死《ひっし》ににげた。

やがて、自転車《じてんしゃ》は広《ひろ》い交差点《こうさてん》に出《で》た。ぐるりと囲《かこ》む歩道橋《ほどうきょう》でわかる。堀川五条《ほりかわごじょう》だ。京都《きょうと》で一、二を争《あらそ》う大交差点《だいこうさてん》。

ふだんは道路《どうろ》をうめつくしている車《くるま》が1台《だい》も見《み》えない。代《か》わりに四方《しほう》から押《お》しよせてくるのはキツネ面《めん》の大軍団《だいぐんだん》だ。

「一行《いちぎょう》さん。目《め》をつぶって」

直実《なおみ》は、〈神の手《グッドデザイン》〉で瑠璃《るり》の目《め》をふさいだ。アイマスクが現《あらわ》れる。

「僕《ぼく》にしっかりつかまって。はなれないで」

はい、と、息《いき》だけの声《こえ》がした。瑠璃《るり》がぎゅっと背中《せなか》にだきついてくる。

直実《なおみ》は〈神の手《グッドデザイン》〉をかざした。目《め》の前《まえ》の地面《じめん》がせり上《あ》がり、スロープが現《あらわ》れる。堀川五条《ほりかわごじょう》の歩道橋《ほどうきょう》を足場《あしば》に、らせん状《じょう》に空《そら》へのびていく。

直実《なおみ》はペダルをふみこむ。全力《ぜんりょく》でスロープをかけ上《あ》がる。

キツネ面《めん》たちはたがいの体《からだ》をよじ登《のぼ》り、何本《なんぼん》もの長《なが》いはしごのように空《そら》へのび上《あ》がった。上《うえ》からつぎつぎにおそってくる。直実《なおみ》は自転車《じてんしゃ》で、そのアーチをかいくぐる。

スロープは上《うえ》へ下《した》へとのび、もはや迷路《めいろ》のようになっている。その間《あいだ》にキツネ面《めん》たちのはしごがかかり、ひとかたまりの奇妙《きみょう》なオブジェのようになった。

「——!!」

もうにげ切《き》れない、というところで、〈神の手《グッドデザイン》〉が光《ひか》る。真下《ました》から噴水《ふんすい》のようにふき上《あ》がったのは、ねっとりしたゼリーのような液体《えきたい》だった。それはキツネ面《めん》とらせんのスロープを一気《いっき》にのみこみ、からめとり、それからうずを巻《ま》いて、交差点《こうさてん》の中央《ちゅうおう》にあいた穴《あな》へすべてを引《ひ》きこんでいく。

直実《なおみ》は、自分《じぶん》の前《まえ》にだけ続《つづ》くスロープを生《う》み出《だ》しつづけ、うずから脱出《だっしゅつ》する。

もとからあった歩道橋《ほどうきょう》の上《うえ》に降《お》り立《た》ったとき、生《い》き残《のこ》ったキツネ面《めん》たちがまだ追《お》いすがってきた。彼《かれ》らの顔《かお》は、もはやいままでの無表情《むひょうじょう》な面《めん》ではなく、ばっくりとあいた口《くち》に牙《きば》のならぶ、凶《きょう》暴《ぼう》なものに変化《へんか》していた。

キツネ面《めん》の１体《たい》が、ついに自転車《じてんしゃ》に飛《と》びついた。瑠璃《るり》の足《あし》をつかみ引《ひ》きずり落《お》とす。

「一行《いちぎょう》さんっ！」

転《ころ》がり落《お》ちた瑠璃《るり》に、キツネ面《めん》がのしかかる。するどい牙《きば》が彼女《かのじょ》ののどもとをねらっていた。

(間《ま》に合《あ》わない!)

絶望《ぜつぼう》が直実《なおみ》の体《からだ》をつらぬいた、そのとき。

『できる‼』

耳《みみ》もとでナオミの声《こえ》がした気《き》がした。あの特訓《とっくん》のときのように。

「はいっ!」

反射的《はんしゃてき》にさけぶと、直実《なおみ》は腕《うで》をふった。とっさに生《う》み出《だ》したのは巨大《きょだい》な交通標識《こうつうひょうしき》――いつだったか先生《せんせい》が出《だ》して見《み》せた――だ。瑠璃《るり》の周《まわ》りにいた2体《たい》のキツネ面《めん》をはじき飛《と》ばす。

「!」

それを目《め》で追《お》った直実《なおみ》は、ハッと目《め》を見開《みひら》いた。

交差点《こうさてん》から北《きた》へのびる堀川通《ほりかわどおり》を、1台《だい》の車《くるま》が猛《もう》スピードでこちらへ突進《とっしん》してくる。道路《どうろ》をふさぐキツネ面《めん》たちをつぎつぎにはね飛《と》ばしながら。

車《くるま》は歩道橋《ほどうきょう》の真下《ました》で急《きゅう》ブレーキをふみ、ドリフトしながら停《と》まった。

「乗《の》れ! 早《はや》くしろ!」

運転席《うんてんせき》の窓《まど》から男《おとこ》の腕《うで》が手《て》まねきした。

直実《なおみ》はためらわず、瑠璃《るり》をかかえあげると歩道橋《ほどうきょう》から飛《と》んだ。着地点《ちゃくちてん》に大《おお》きなねじりパンのクッションを生《う》み出《だ》してバウンドする。

瑠璃《るり》といっしょに後部座席《こうぶざせき》に転《ころ》げこむ。車《くるま》は急発進《きゅうはっしん》した。キツネ面《めん》たちをはね飛《と》ばしながら交差点《こうさてん》をはなれる。

ホッと息《いき》をついてから、直実《なおみ》は運転席《うんてんせき》を見《み》る。

「……どうして」

顔《かお》を見《み》なくてもわかっていた。それは――ナオミだった。

ナオミは、前《まえ》を見《み》つめたまま言《い》った。

「彼女《かのじょ》を、もとの世界《せかい》に帰《かえ》す」

「……先生《せんせい》」

「こうなったのは、すべて俺《おれ》の責任《せきにん》だ。こんなことは望《のぞ》んじゃいなかった。こんな目《め》にあわせる気《き》はなかった――俺《おれ》はただ」

声《こえ》が、少《すこ》しだけふるえていた。

「もう一度《いちど》、彼女《かのじょ》の笑顔《えがお》が見《み》たかっただけだ」

直実《なおみ》はくちびるをかみしめて、座席《ざせき》のはしに見《み》えるナオミの肩《かた》を見《み》た。視線《しせん》を下《した》にやると、チェンジレバーのそばに、つえが置《お》かれているのが見《み》える。

いまの直実《なおみ》の中《なか》には、彼《かれ》の記憶《きおく》もあった。落雷事故現場《らくらいじこげんば》に横《よこ》たわる瑠璃《るり》。夢《ゆめ》のような計画《けいかく》を現《げん》実《じつ》にするため、寝《ね》る間《ま》もおしんで勉強《べんきょう》したこと。何度《なんど》もログインに失敗《しっぱい》し体《からだ》をつらぬいた痛《いた》み。

ついに動《うご》かなくなった左足《ひだりあし》。

となりに座《すわ》る瑠璃《るり》を見《み》ると、彼女《かのじょ》もまた、アイマスクをはずしてじっと運転席《うんてんせき》を見《み》つめている。

なにかを感《かん》じとっているように。

ナオミは、ふり切《き》るように言《い》った。

「つぐないはする。指示《しじ》を出《だ》せ、直実《なおみ》」

直実《なおみ》はうなずいて、身《み》を乗《の》り出《だ》した。

「京都駅《きょうとえき》へ！　大階段《だいかいだん》に向《む》かってください！」

ナオミの車《くるま》は、堀川通《ほりかわどおり》を南下《なんか》し、塩小路通《しおこうじどおり》へ入《はい》る。駅前《えきまえ》にそびえる京都《きょうと》タワーが正面《しょうめん》に見《み》えた。

『駅《えき》ビルの屋上《おくじょう》へ行《い》ってください』

〈神の手《グッドデザイン》〉がめちゃくちゃな指示《しじ》を出《だ》す。どうやって車《くるま》で屋上《おくじょう》へ行《い》けというのだ。

「直実《なおみ》っ！　上《のぼ》り坂《ざか》を創《つく》れっ！」

ナオミがさけんだ。直実《なおみ》はドアを押《お》しあけて身《み》を乗《の》り出《だ》し〈神の手《グッドデザイン》〉をかざす。

みるみるうちに、虹色《にじいろ》の水晶《すいしょう》でできたスロープが生《う》み出《だ》される。ナオミはアクセルをふみこんでその坂道《さかみち》に突《つ》っこんだ。

左右《さゆう》にガードレールもないその空中回廊《くうちゅうかいろう》を、ナオミはためらわず走《はし》っていく。窓《まど》から見《み》える景《け》色《しき》の高度《こうど》がどんどん上《あ》がり、まるで空《そら》を飛《と》んでいるようだ。

「えっ、えっ……ひいいいいいっ」

悲鳴《ひめい》をあげたのは瑠璃《るり》だった。いきなり直実《なおみ》の背中《せなか》にだきついてくる。彼女《かのじょ》が高所恐怖症《こうしょきょうふしょう》であることを忘《わす》れていた。

「だいじょうぶですからっ、一行《いちぎょう》さんっ！　はなれて！」

「バカやろう、ちゃんと創《つく》れ！」

直実《なおみ》の悲鳴《ひめい》とナオミのどなり声《ごえ》が同時《どうじ》にひびきわたる。

空中回廊《くうちゅうかいろう》は高度《こうど》を上《あ》げながら、駅前《えきまえ》の中央郵便局《ちゅうおうゆうびんきょく》を巻《ま》きこむようにカーブし、ロータリーをこえてようやく駅《えき》ビルの屋上《おくじょう》につながった。

ナオミの車《くるま》は屋上広場《おくじょうひろば》にすべりこむ。飛《と》び降《お》りると、目的地《もくてきち》はすぐ目《め》の前《まえ》だ。

京都駅《きょうとえき》ビルの大階段《だいかいだん》は、12階《かい》建《だ》てのビルの屋上《おくじょう》から1階《かい》の中央《ちゅうおう》コンコースまでを吹《ふ》きぬけでつらぬいている。各階《かくかい》で短《みじか》いおどり場《ば》をはさみながら、170段《だん》の階段《かいだん》がはるか下《した》へまっすぐに続《つづ》いていた。

『コンバータ』

手《て》ぶくろが言《い》う。直実《なおみ》がしゃがんで床《ゆか》に手《て》をふれると、階段《かいだん》の中央《ちゅうおう》にある手《て》すりをまたぐように、キラキラと光《ひか》る虹色《にじいろ》のアーチが現《あらわ》れた。

『下《した》までこのアーチをいくつも創《つく》ります。この中《なか》をくぐりながら階段《かいだん》を下《した》まで降《お》りることで、量《りょう》子変換《しへんかん》が完了《かんりょう》します』

ナオミが、むう、とうなった。

「……俺《おれ》が〈アルタラ〉の中《なか》に飛《と》びこんだときの仕組《しく》みを、もっと発展《はってん》させたものか……」

『システムがこの場所《ばしょ》に到達《とうたつ》しつつあります』

「急《いそ》がなきゃ！」

『まず、一行瑠璃《いちぎょうるり》の変換《へんかん》を』

手《て》ぶくろが言《い》った。直実《なおみ》は瑠璃《るり》を見《み》る。まだ彼女《かのじょ》は立《た》っているだけでふらふらしていた。

「降《お》りられますか。足《あし》は？」

「足《あし》はなんとか……でも……」

瑠璃《るり》はおそるおそる大階段《だいかいだん》の下《した》を見《み》た。１メートルの高《たか》さですら怖《こわ》い彼女《かのじょ》にとって、この大階《だいかい》段《だん》はまるで奈落《ならく》の底《そこ》、断崖絶壁《だんがいぜっぺき》に見《み》えているにちがいない。

かたわらのナオミがなにか言《い》いかけた。だがそれより先《さき》に、直実《なおみ》は彼女《かのじょ》の名《な》を呼《よ》んだ。

「一行《いちぎょう》さん」

ハッとして、瑠璃《るり》が直実《なおみ》を見《み》る。直実《なおみ》はこぶしをにぎって、瑠璃《るり》に笑《わら》いかける。

「だいじょうぶです。やってやりましょう」

瑠璃《るり》は、その言葉《ことば》にハッとした。そして、ふるえる手《て》を押《お》さえるように胸《むな》もとでにぎりしめた。

「――やってやります」

ふたりは目《め》を見交《みか》わしてほほえむ。

「じゃあ、僕《ぼく》のあとについてきてください」

直実《なおみ》は階段《かいだん》をかけ下《お》り、おどり場《ば》ごとにしゃがんで床《ゆか》にふれた。そこから虹《にじ》のアーチが生《は》え、つぎつぎにつながってトンネルができていく。

ナオミは、自分《じぶん》の上着《うわぎ》を脱《ぬ》ぐと、薄《うす》い病衣《びょうい》のままの瑠璃《るり》の肩《かた》に着《き》せかけた。顔《かお》をあげた瑠璃《るり》を、やさしくうながす。

「さあ、早《はや》く」

瑠璃《るり》は、ふしぎそうにナオミを見《み》る。その額《ひたい》にある、見覚《みおぼ》えのある傷《きず》を見《み》つめ、問《と》いかけた。

「あなたは——堅書《かたがき》さん、なんですか？」

ナオミはハッとしたが、ゆっくりと首《くび》をふった。そして、アーチを創《つく》りながら遠《とお》ざかっていく直実《なおみ》を見《み》る。

「いいや——堅書直実《かたがきなおみ》はあいつで、俺《おれ》は……ただのエキストラさ」

さあ、と肩《かた》を押《お》すと、彼女《かのじょ》はとつぜん、ナオミの胸《むね》に飛《と》びこんだ。

「！」

驚《おどろ》きで固《かた》まったナオミの体《からだ》をだきしめ、彼女《かのじょ》は言《い》った。

「あなたは——私《わたし》を愛《あい》してくれたのですね」

ナオミは目《め》を見開《みひら》く。瑠璃《るり》は体《からだ》をはなすと、少《すこ》しうるんだ目《め》でナオミを見上《みあ》げながら、

「ありがとうございます」

と言《い》った。

「さようならっ」

なにかをふり切《き》るように、瑠璃《るり》は足《あし》をふみ出《だ》した。よろよろと手《て》すりにすがりながら、一歩《いっぽ》、一歩《いっぽ》、階段《かいだん》を下《お》りていく。

彼女《かのじょ》が虹《にじ》のアーチをくぐるたび、その体《からだ》はキラキラと光《ひか》る粒子《りゅうし》になり、少《すこ》しずつ、少《すこ》しずつ、

この世界《せかい》から消《き》えていった。

しだいに薄《うす》くなっていくその後《うし》ろ姿《すがた》を見送《みおく》りながら、ナオミは涙《なみだ》を流《なが》す。

これが、彼女《かのじょ》との永遠《えいえん》のわかれなのだろう。

「一行《いちぎょう》さん……」

くちびるがふるえ、かすかに彼女《かのじょ》の名《な》を呼《よ》んだ。

「僕《ぼく》は……」

高校生《こうこうせい》のころのまま。あのときのまま。

「僕《ぼく》は……きみが好《す》きだったんだ……」

涙《なみだ》がほほを伝《つた》って落《お》ちていく。

階段《かいだん》の一番下《いちばんした》で、直実《なおみ》が最後《さいご》のアーチを創《つく》り終《お》えた。

やがて瑠璃《るり》の姿《すがた》も、その中《なか》へとすいこまれて――ついに見《み》えなくなった。

HELLO WORLD
ハロー・ワールド

用語解説《ようごかいせつ》 パート3

用語解説《ようごかいせつ》3回目《かいめ》です。皆《みな》さんの手助《てだす》けになれば良《よ》いのですが…やってやります。

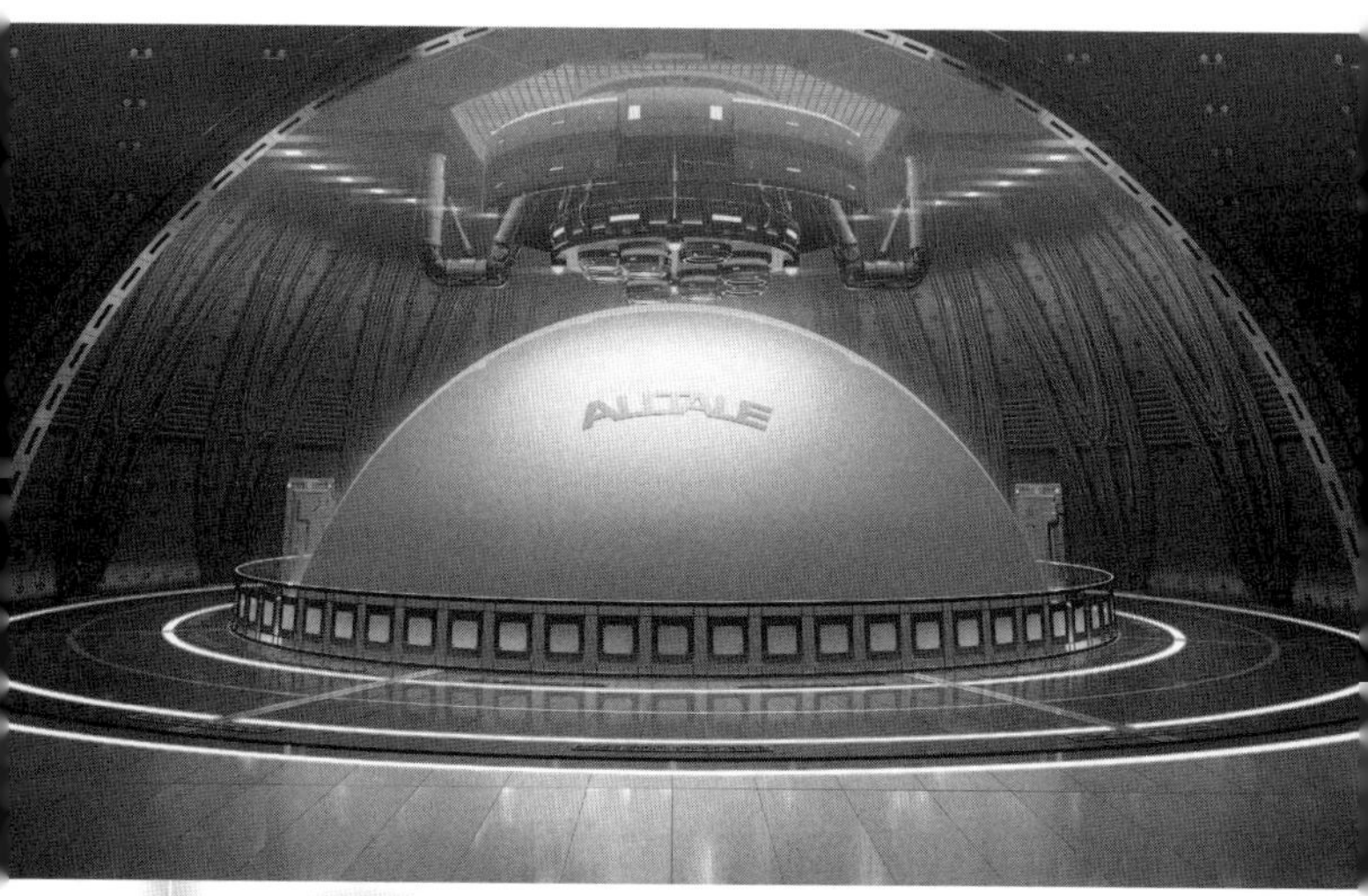

量子記憶装置《りょうしきおくそうち》

クロニクル京都《きょうと》の中心機構《ちゅうしんきこう》。正式名称《せいしきめいしょう》アルタラ。現在《げんざい》の技術《ぎじゅつ》よりもさらに未来《みらい》のテクノロジーによって実現《じつげん》した記録装置《きろくそうち》で、容量《ようりょう》という概念《がいねん》を越《こ》えた、無限《むげん》の記録《きろく》が可能《かのう》な装置《そうち》。京都《きょうと》で起《お》こった全《すべ》ての出来事《できごと》を記録《きろく》している。

コンバータ(量子変換《りょうしへんかん》)

京都駅《きょうとえき》ビルの大階段《だいかいだん》に直実《なおみ》が＜神の手《グッドデザイン》＞で創《つく》り出《だ》した、虹色《にじいろ》のアーチ状《じょう》の変換器《へんかんき》のこと。幾《いく》つものアーチをくぐり抜《ぬ》けることで、直実《なおみ》と瑠璃《るり》の肉体《にくたい》はデータに変換《へんかん》され、彼《かれ》らがもともと存在《そんざい》していた世界《せかい》に戻《もど》ることができる。

11／開闢《ビッグ・バン》

「急《いそ》げ直実《なおみ》！　つぎはおまえだ！」

ナオミが屋上《おくじょう》でさけんでいる。アーチを創《つく》り終《お》えた直実《なおみ》は、瑠璃《るり》が消《き》えるのを見届《みとど》けて、階段《かいだん》をかけ上《あ》がる。

だがそのとき、いきなりなにかが――ものすごく大《おお》きななにかが、屋上広場《おくじょうひろば》に飛《と》びこんできた。

「！」

それは――キツネ面《めん》たちだった。何百体《なんびゃくたい》ものキツネ面《めん》がだんごのようにくっつきあったかたまりだった。

やがてそれは、ぐちゃぐちゃに動《うご》きながらひとつにとけあい、粘土《ねんど》のように変形《へんけい》して、巨大《きょだい》な〝手《て》〟になった。すべての指《ゆび》の関節《かんせつ》に黄色《きいろ》い目玉《めだま》がぎょろりと開《ひら》く。

「なんだこれーっ！」

〝手《て》〟は、５本《ほん》の指《ゆび》をクモの足《あし》のようにつかってはね上《あ》がると、大階段《だいかいだん》の上《うえ》にななめに突《つ》き出《だ》している半《はん》アーチ型《がた》の雨《あま》よけに飛《と》び乗《の》った。

「！」

ものすごい音《おと》とともに、雨《あま》よけが落下《らっか》してきた。直実《なおみ》は間一髪《かんいっぱつ》で階段《かいだん》の上《うえ》へのがれたが、せっかく創《つく》った虹《にじ》のアーチ――変換装置《へんかんそうち》がガレキの下《した》にうもれてしまう。

〝手《て》〟は、10個《こ》の目玉《めだま》をぐるぐると動《うご》かし、直実《なおみ》たちにねらいを定《さだ》める。

「ぶったおせ直実《なおみ》！」

ナオミがさけんだ。

「どうやってぇ⁉」

「デカイのを創《つく》れ！」

直実《なおみ》は〈神の手《グッドデザイン》〉を発動《はつどう》した。とっさに思《おも》いついた〝武器《ぶき》〟は、やっぱりあれだった。

「ええーいっ！」

巨大《きょだい》な――自分《じぶん》の身長《しんちょう》ほどもある百科事典《ひゃっかじてん》が現《あらわ》れる。金色《きんいろ》のロープのようなスピンをつかんでふり回《まわ》す。だが、大《おお》きすぎて、自分《じぶん》も持《も》っていかれそうになる。

「軸《じく》だ！　あとジェット！」

ナオミの指示《しじ》が飛《と》んだ。直実《なおみ》はクツの底《そこ》からするどい針《はり》のような軸《じく》を生《は》やした。背中《せなか》にはジェットエンジンの噴出口《ふんしゅつこう》を開《ひら》く。

ジェットの力《ちから》で高速回転《こうそくかいてん》するコマとなった直実《なおみ》から、巨大《きょだい》な百科事典《ひゃっかじてん》がものすごい勢《いきお》いで飛《と》び出《だ》した。

「でやぁぁぁぁぁっ!!」

本《ほん》はみごとに〝手《て》〟に当《あ》たった。はるかかなたへとふっ飛《と》んでいくそれを見送《みおく》り、ふたりの直《ナオ》実《ミ》は顔《かお》を見合《みあ》わせてうなずき合《あ》う。

「階段《かいだん》を復旧《ふっきゅう》できるか」

喜《よろこ》んでいる時間《じかん》も惜《お》しかった。ナオミの問《と》いに、〈神の手《グッドデザイン》〉が答《こた》える。

『非連続《ひれんぞく》の破片《はへん》が多数《たすう》。一定《いってい》の時間《じかん》が必要《ひつよう》に――』


ズン……と、地《じ》ひびきが聞《き》こえた。

ハッとして音《おと》のしたほうを見《み》る。

京都駅《きょうとえき》の北《きた》、東本願寺《ひがしほんがんじ》のあたりに――なにかがもり上《あ》がっていた。

無数《むすう》のキツネ面《めん》たちがより集《あつ》まり、ひとつの巨大《きょだい》なものになろうとしている。

ぶきみな影《かげ》のまわりで、長《なが》い——大蛇《だいじゃ》のようなものが何本《なんぼん》も、ひゅるひゅるとおどっていた。

「……ウソだろ……」

ぼうぜんと、ナオミがつぶやいた。

ゆっくりと、そのかたまりは身《み》を起《お》こし、瓦屋根《かわらやね》の向《む》こうに立《た》ち上《あ》がる。

それは——もはや、〝怪獣《かいじゅう》〟だった。

HELLO WORLD

〈アルタラセンター〉の中《なか》は、つぎつぎに生《う》まれるキツネ面《めん》の男《おとこ》たちであふれかえっていた。

彼《かれ》らは〈アルタラ〉本体《ほんたい》のそばにある制御《せいぎょ》システムのあたりからわき出《だ》し、センターの外《そと》へ飛《と》び出《だ》していく。

幸《さいわ》い、彼《かれ》らはセンター内部《ないぶ》の施設《しせつ》や、そこにいる研究員《けんきゅういん》たちには見向《みむ》きもしない。

千古教授《せんこきょうじゅ》と助手《じょしゅ》の依依《イーイー》、ほか3名《めい》の研究員《けんきゅういん》は、たがいの体《からだ》をロープでつないで、キツネ面《めん》たちの群《む》れをかきわけ、〈アルタラ〉本体《ほんたい》へと向《む》かっていた。

「教授《きょうじゅ》……本当《ほんとう》にやるのですか」

依依《イーイー》が不安《ふあん》そうに言《い》う。

「自動修復《じどうしゅうふく》システムのリミッターが止《と》まったら、情報《じょうほう》が無限《むげん》に増加《ぞうか》を……そんなことをしたら、〈アルタラ〉はもう、私《わたし》たちの手《て》からはなれてしまいます」

だが、千古《せんこ》は依依《イーイー》をふりかえると、どこかおもしろそうに言《い》った。

「それを日本語《にほんご》でね、〈開闢《かいびゃく》〉っていうんだ」

「かい……びゃく……？」

「そう。世界《せかい》の始《はじ》まり。新《あたら》しい世界《せかい》の誕生《たんじょう》——〈ビッグ・バン〉さ」

HELLO WORLD

それは——もはや、〝怪獣《かいじゅう》〟だった。

いや、特撮映画《とくさつえいが》やアニメの怪獣《かいじゅう》のほうが、まだ地上《ちじょう》の生《い》き物《もの》との接点《せってん》があるといえる。

ひとまたぎで七条通《しちじょうどおり》をこえ、ヨドバシカメラのビルに乗《の》りあげたその体《からだ》は、色《いろ》とりどりのうごめく糸《いと》がよじりあわさって出来《でき》あがっていた。体《からだ》のあちこちに、さっき吹《ふ》き飛《と》ばした〝手《て》〟と同《おな》じような黄色《きいろ》い目玉《めだま》がぎょろぎょろと開《ひら》いている。

ふつうの生《い》き物《もの》と共通《きょうつう》しているのは、2本《ほん》の腕《うで》と足《あし》ぐらいで、首《くび》のあるべき場所《ばしょ》からは、なんだかよくわからない、逆《さか》さに開《ひら》いたカサのようなものが生《は》えていた。その後《うし》ろに、9本《ほん》の長《なが》い――触手《しょくしゅ》？　尻尾《しっぽ》？　が、ひゅるひゅるとおどっている。

9本《ほん》の尾《お》のあるキツネ――伝説《でんせつ》の〝九尾《きゅうび》のキツネ〟というには、それはあまりにもみにくく、異形《いぎょう》だとしかいえなかった。

「こんなの……どうしろって……」

直実《なおみ》が絶望《ぜつぼう》に目《め》を見開《みひら》いたとき。

みにくい九尾《きゅうび》のキツネは、いきなりその巨大《きょだい》な腕《うで》をふった。すぐ横《よこ》に建《た》っていた京都《きょうと》タワーの展望台《てんぼうだい》が、まるでオモチャのように折《お》れて、こっちへ飛《と》んでくる。

「先生《せんせい》、はなれて！」

直実《なおみ》はとっさにナオミを突《つ》き飛《と》ばし、〈神の手《グッドデザイン》〉で、周囲《しゅうい》の建物《たてもの》を変形《へんけい》させた。無数《むすう》の柱《はしら》がのび、かろうじて展望台《てんぼうだい》を受《う》け止《と》める。

「ぐあああっ！」

すさまじい重《おも》さだった。創《つく》った柱《はしら》のうち、細《ほそ》いものからつぎつぎに亀裂《きれつ》が走《はし》り折《お》れていく。直《なお》実《み》は必死《ひっし》に新《あたら》しい柱《はしら》を生《う》み出《だ》して抵抗《ていこう》する。

九尾《きゅうび》のキツネが、あざ笑《わら》うように展望台《てんぼうだい》に前足《まえあし》をかけた。そのままのしかかってくる。展望台《てんぼうだい》ごと直実《なおみ》たちを押《お》しつぶそうとしている。

「ぐぅ……！」

支《ささ》えつづけるのは限界《げんかい》だった。まったく解決《かいけつ》にならない。この怪獣《かいじゅう》をどうにかしないと。

直実《なおみ》の頭《あたま》にひとつのアイデアがうかんだ。そうだ、あれだ。あのときのようにやればいい。

かかげた〈神の手《グッドデザイン》〉の前《まえ》に、周囲《しゅうい》のガレキをすいよせ、ブラックホールを創《つく》ろうとした直実《なおみ》に、〈神の手《グッドデザイン》〉がさけんだ。

『それは危険《きけん》です。対象質量《たいしょうしつりょう》が大《おお》きすぎます。被害《ひがい》がより拡大《かくだい》するでしょう』

展望台《てんぼうだい》の窓《まど》に人影《ひとかげ》が見《み》えた。にげおくれた観光客《かんこうきゃく》が取《と》り残《のこ》されているのだ。ブラックホールですいこめば彼《かれ》らも死《し》ぬ。

「そんな――じゃあどうしたら……」

〈神の手《グッドデザイン》〉がうなりをあげる。光《ひかり》が走《はし》る。新《あら》たな柱《はしら》を創《つく》って、創《つく》って、しかしそのはしから、古《ふる》いものがくだけていく。

「直実《なおみ》」

後《うし》ろの手《て》すりにもたれかかっていたナオミが口《くち》を開《ひら》いた。

「やつをたおす方法《ほうほう》はある」

「ほんとですか！　教《おし》えてください！」

直実《なおみ》は肩《かた》ごしにふりかえって、ナオミの顔《かお》を見《み》た。ナオミはうつむいたまま言《い》った。

「〈神の手《グッドデザイン》〉でいますぐ——俺《おれ》を消《け》せ」

「は？　なにを……」

直実《なおみ》は目《め》を丸《まる》くする。こんなときにじょうだんはやめてほしい。

しかし、顔《かお》をあげたナオミの目《め》は真剣《しんけん》そのものだった。

「思《おも》い出《だ》せ。システムは彼女《かのじょ》を消《け》そうとした。連《つ》れもどすのではなく、消去《しょうきょ》しようとした」

病室《びょうしつ》で。瑠璃《るり》の上《うえ》にのしかかって首《くび》をしめていたキツネ面《めん》。

「あれは、欠損《けっそん》を補塡《ほてん》するオブジェクトじゃない。アドレスの重複《ちょうふく》を解消《かいしょう》するものだ」

このキツネ面《めん》たちが直実の世界《アルタラ》の修復《しゅうふく》システムならば、失《うしな》われた瑠璃《るり》のデータをもとにもどそうとするはず。しかし彼《かれ》らはそうではなく、彼女《かのじょ》の精神《データ》を消《け》そうとした。

「〝精神《せいしん》〟と〝体《からだ》〟、それを別個《べっこ》と判断《はんだん》したプログラムは、それを処理《しょり》しようとしていたのさ。そして、いま、それは解決《かいけつ》したはずだ。だが、こいつらは止《と》まっていない。あいかわらず俺《おれ》たちをねらっている。なぜだと思《おも》う」

「それは……それは……」

「ここにもうひとつ重複《ちょうふく》しているデータがあるからだ。つまり、おまえと俺《おれ》だ。この世界《せかい》からどちらかが消《き》えれば、こいつは止《と》まる」

ナオミは、頭上《ずじょう》にある展望台《てんぼうだい》を指《ゆび》さした。

「いま、おまえがいなくなったら大惨事《だいさんじ》だ。答《こた》えはもう決《き》まっている」

「イヤだ！　絶対《ぜったい》にイヤだ‼」

九尾《きゅうび》のキツネがさらに体重《たいじゅう》を乗《の》せてきた。もう限界《げんかい》だ。柱《はしら》につぎつぎヒビが入《はい》る。くだけた破《は》片《へん》が降《ふ》りつづける。

「だいじょうぶです！　まだ全然《ぜんぜん》いけますよ！　こいつをいますぐやっつけて！　それからもう一度《いちど》あの変換装置《へんかんそうち》を創《つく》って！」

そうだ。ここはもともとナオミのいた世界《せかい》だ。重複《ちょうふく》しているのは自分《じぶん》なのだ。

だから、直実《なおみ》がここから、もとの世界《せかい》にもどればいい。それだけのことだ。

だが、そんなことは口《くち》で言《い》うだけで、実際《じっさい》にどうすればこいつをたおせるのかなんて直実《なおみ》にはわからなかった。結局《けっきょく》、いまの彼《かれ》にできることは、ここでこいつをこうして食《く》い止《と》めておくことだけだった。

しかしそれももう無理《むり》だった。体《からだ》に負荷《ふか》がかかりすぎている。体中《からだじゅう》からあせが噴《ふ》き出《だ》し、ポタポタと鼻血《はなぢ》が垂《た》れてきた。

「イヤだ……イヤだ……」

暗《くら》くなる目《め》の前《まえ》に、ぐるぐると思《おも》い出《で》がフラッシュバックした。

伏見稲荷《ふしみいなり》でとつぜん目《め》の前《まえ》に現《あらわ》れた男《おとこ》。図書室《としょしつ》で瑠璃《るり》を見《み》て泣《な》いていた。自分《じぶん》より背《せ》が高《たか》く、自分《じぶん》より傲慢《ごうまん》で、自分《じぶん》よりなんでも知《し》っていて。

雙ヶ岡《ならびがおか》での毎朝《まいあさ》の特訓《とっくん》。古本市《ふるほんいち》で助《たす》けてくれたこと。裏切《うらぎ》られたときの絶望《ぜつぼう》。

だけど、それでも。

あれは、あの3か月《げつ》は、ふたりで同《おな》じものを追《お》いかけた日々《ひび》だ。

もう顔《かお》をあげていられなかった。腕《うで》が落《お》ちそうになる。それでも歯《は》を食《く》いしばる。

「先生《せんせい》が言《い》ったんだ……信《しん》じるんだって……そしたらなんでもできるって……」

ふりかえってさけぶ。

「やるんだ！　ふたりとも生《い》きるんだ！」

「直実《なおみ》！」

そのとき。

ナオミが、いきなり立《た》ち上《あ》がった。直実《なおみ》の腕《うで》をつかんで引《ひ》きたおし、彼《かれ》の前《まえ》へと飛《と》び出《だ》した。

「えっ!?」

なにが起《お》きたかわからなかった。

先生《せんせい》は足《あし》が動《うご》かないはず。あんな勢《いきお》いで立《た》ち上《あ》がれないはず。

尻《しり》もちをついたまま、ぼうぜんと見上《みあ》げた直実《なおみ》の目《め》に入《はい》ったのは。

なにかとがったものに全身《ぜんしん》をつらぬかれた、ナオミの姿《すがた》だった。

「……あ……」

とがったものは、キツネの9本《ほん》の尻尾《しっぽ》だった。その先端《せんたん》を針《はり》のように変化《へんか》させ、やつは展望台《てんぼうだい》の後《うし》ろから、直実《なおみ》をずっとねらっていたのだ。

ぽたぽたと血《ち》が垂《た》れる。

無残《むざん》にくし刺《ざ》しにされながら、しかしナオミは、ニヤリと笑《わら》った。

「そうさ……信《しん》じれば、なんでもできる……」

弱々《よわよわ》しく、自分《じぶん》の左足《ひだりあし》にふれた。動《うご》かないはずの左足《ひだりあし》が動《うご》いた、それは奇跡《きせき》。

「先生《せんせい》……せんせい……」

ぼろぼろと泣《な》く直実《なおみ》に、ナオミは右手《みぎて》をさし出《だ》した。

直実《なおみ》も、ふるえる手《て》でその手《て》をにぎる。

あのときにぎれなかった手《て》。初《はじ》めての握手《あくしゅ》。

「堅書直実《かたがきなおみ》」

ナオミが笑《わら》った。

「幸《しあわ》せになれ」

ミシ、と展望台《てんぼうだい》が沈《しず》んだ。さらに怪獣《かいじゅう》が体重《たいじゅう》をかけてきている。

「うぁあああああああ!!」

覚悟《かくご》を決《き》めて、直実《なおみ》は〈神の手《グッドデザイン》〉を発動《はつどう》した。

ナオミの姿《すがた》が、光《ひかり》の粒子《りゅうし》になって消《き》えていく。

(初《はじ》めて、自分《じぶん》で選《えら》んだ人《ひと》だった)

痛《いた》みも消《き》え、体《からだ》も消《き》えていく。ナオミは薄《うす》れていく意識《いしき》の中《なか》で思《おも》う。

(一行《いちぎょう》さんがたおれた日《ひ》、俺《おれ》は未来《みらい》を失《うしな》った)

落雷《らくらい》の日《ひ》、腕《うで》の中《なか》でぐったりとした彼女《かのじょ》。病院《びょういん》で横《よこ》たわる姿《すがた》。

(どんな手《て》を使《つか》っても、彼女《かのじょ》を取《と》りもどそうと決《き》めた)

死《し》にものぐるいで勉強《べんきょう》した日々《ひび》。アルタラダイブの失敗《しっぱい》。動《うご》かなくなった左足《ひだりあし》。

(ふたりの未来《みらい》を、取《と》りもどすと決《き》めた)

それはかなわなかったのだろうか?

いいや、かなえられる。これからかなえられる。

だって、俺《おれ》はあいつで、あいつは俺《おれ》なのだから。

ナオミにはもうわかっていた。

自分《じぶん》ではないなにかが――おそらくは、この世界《せかい》の外側《そとがわ》のどこかから、だれかが直実《なおみ》に力《ちから》を貸《か》している。

いや、それは、もしかしたら、彼自身《かれじしん》にも影響《えいきょう》をおよぼしていたのかもしれない。最初《さいしょ》から。

すべて、その人《ひと》の――もしかしたら神《かみ》さまの、手《て》のひらの上《うえ》だったのかもしれない。

だったら――きっと、すべてがうまくいく。

直実《なおみ》は、彼《かれ》の瑠璃《るり》と、きっと幸《しあわ》せになる。

彼《かれ》の世界《せかい》で、きっと。

(俺《おれ》は、幸《しあわ》せだ……)

ナオミは目《め》を閉《と》じる。

そしてなにもかもが、光《ひかり》にのみこまれていった。

HELLO WORLD

とつぜん、〈アルタラ〉からわき出《だ》しつづけていたキツネ面《めん》たちの動《うご》きが止《と》まった。

「いまだ！」

目《め》の前《まえ》の数体《すうたい》を押《お》しのけ、千古教授《せんこきょうじゅ》は〈アルタラ〉の制御装置《せいぎょそうち》に飛《と》びつく。

一生引《いっしょうひ》くことなどないと思《おも》っていた、制御《せいぎょ》システムの物理停止《ぶつりていし》レバーに飛《と》びつき、全体重《ぜんたいじゅう》をかけて引《ひ》いた。

「ええーい！」

その瞬間《しゅんかん》。

光《ひかり》が、あった。

その後《ご》のことをすべて見《み》たものも、完全《かんぜん》に説明《せつめい》できるものも、だれもいない。

千古《せんこ》教授《きょうじゅ》や依依《イーイー》たちが見《み》たのは、目《め》の前《まえ》の〈アルタラ〉の表面《ひょうめん》が、目《め》もくらむような光《ひかり》を放《はな》った瞬間《しゅんかん》だけだった。その光《ひかり》は一瞬《いっしゅん》のうちにふくれ上《あ》がり、すべてをのみこんだ。

直実《なおみ》が見《み》たのは、北《きた》から押《お》しよせてきたその光《ひかり》だった。

泣《な》いているヒマもなく、かろうじて〈神の手《グッドデザイン》〉で、京都《きょうと》タワーの展望台《てんぼうだい》を駅《えき》ビルの屋上《おくじょう》に軟着陸《なんちゃくりく》させた瞬間《しゅんかん》に、その光《ひかり》は彼《かれ》を包《つつ》みこみ――彼《かれ》の存在《そんざい》を、この世界《せかい》から吹《ふ》き飛《と》ばした。

HELLO WORLD

あまりのまぶしさに固《かた》く目《め》を閉《と》じた千古《せんこ》教授《きょうじゅ》たちが、ふたたび目《め》をあけたとき、そこにはもうなにもなかった。

あたりをうめつくしていたキツネ面《めん》たちも、チリひとつ残《のこ》さず消《き》えうせ――そして、目《め》の前《まえ》にあったはずの巨大《きょだい》な半球《はんきゅう》――〈アルタラ〉そのものも、こつぜんと消《き》えていた。

がらんどうになった広《ひろ》い部屋《へや》。とちゅうでぷっつりと切断《せつだん》された無数《むすう》の配線《はいせん》のはしを見回《みまわ》しながら、依依《イーイー》がつぶやく。

「……どこへ……行《い》ったんでしょうか……？」

千古教授《せんこきょうじゅ》は、ニヤ、と笑《わら》った。

「新《あたら》しい宇宙《うちゅう》じゃない？」

ええっ⁉　っと、研究員《けんきゅういん》たちがどよめく。しかし、教授《きょうじゅ》はじつに楽《たの》しそうに笑《わら》いつづけた。

「どんなところだか知《し》らないけど――ここより住《す》みやすいところだといいねぇ」

HELLO WORLD

直実《なおみ》は、光《ひかり》のうずの中《なか》をただよっていた。

混沌《こんとん》が天地《てんち》にわかれ、空《そら》と海《うみ》が生《う》まれた。昼《ひる》と夜《よる》が生《う》まれた。

この世界《せかい》にあるすべてのものが創《つく》り出《だ》され、瞬《またた》く間《ま》にあるべき場所《ばしょ》におさまった。

永遠《えいえん》のような一瞬《いっしゅん》。一瞬《いっしゅん》のような永遠《えいえん》。

直実《なおみ》は、光《ひかり》の中《なか》で、1冊《さつ》のノートを手《て》に取《と》った気《き》がした。

見覚《みおぼ》えのあるナオミのノート。

けれど、その中身《なかみ》はまだ、白紙《はくし》だった。

だれも未来《みらい》は知《し》らない、これから始《はじ》まる新《あたら》しい記録《きろく》。

すべてが——新《あたら》しくなる。

その瞬間《しゅんかん》を起点《きてん》として——世界《せかい》は、生《う》まれ変《か》わった。

HELLO WORLD

直実《なおみ》は、だれもいない京都駅《きょうとえき》ビルの屋上《おくじょう》に立《た》っていた。

空《そら》に雲《くも》はなかったが、空気《くうき》が冷《つめ》たく、静《しず》かで、まだ少《すこ》し暗《くら》かった。たぶん、もうすぐ日《ひ》が昇《のぼ》る。

東《ひがし》の山《やま》の向《む》こうに光《ひかり》の気配《けはい》があった。遠《とお》くでかすかに電車《でんしゃ》の音《おと》が聞《き》こえた。始発《しはつ》の早《はや》い路線《ろせん》はもう運転《うんてん》を始《はじ》めている。

なにもかももとどおりだった。京都《きょうと》タワーもちゃんと建《た》っていた。

でも、なにかがちがう。直実《なおみ》は思《おも》った。

世界《せかい》は、こんなにもくっきりとして、かがやいていただろうか。

直実《なおみ》はおそるおそる、大階段《だいかいだん》に近《ちか》づく。

はるか下《した》をのぞきこむと——一番下《いちばんした》、中央《ちゅうおう》コンコースに人影《ひとかげ》が見《み》えた。

ほっそりした、髪《かみ》の長《なが》い女性《じょせい》。肩《かた》から白《しろ》い上着《うわぎ》をはおって、階段《かいだん》を見上《みあ》げている。

「一行《いちぎょう》さん！」

呼《よ》びかけると、彼女《かのじょ》もハッとなった。階段《かいだん》を上《のぼ》ろうとしてよろめく。直実《なおみ》は全力《ぜんりょく》で大階段《だいかいだん》をかけ下《お》りた。

「堅書《かたがき》さんっ！」

まちがいなく、それは瑠璃《るり》だった。着《き》ているものは〝さっき〟と同《おな》じ病衣《びょうい》だったが、姿《すがた》はちがう。花火大会《はなびたいかい》の日《ひ》、目《め》の前《まえ》から連《つ》れ去《さ》られた、高校生《こうこうせい》の瑠璃《るり》だった。

「一行《いちぎょう》さん……だいじょうぶでしたか」

「はい……光《ひかり》につつまれて……なにかに守《まも》られているような……」

直実《なおみ》は瑠璃《るり》をだきしめた。瑠璃《るり》も直実《なおみ》をだきしめた。

初《はじ》めての口《くち》づけをかわすふたりのまわりに、キラキラした粒子《りゅうし》が舞《ま》っていた。

瑠璃《るり》の病衣《びょうい》のポケットから、金色《きんいろ》のカラスの羽《はね》がちらりとのぞいたが、それもやがて、光《ひかり》になって消《き》えていった。


手《て》を取《と》り合《あ》って、大階段《だいかいだん》を上《のぼ》ると、広《ひろ》い空《そら》が広《ひろ》がっていた。

なにも変《か》わらない。でも、いままでとはまるでちがう京都《きょうと》。

吹《ふ》く風《かぜ》のにおい。光《ひかり》。動《うご》きはじめた街《まち》の音《おと》。鳥《とり》の声《こえ》。

「堅書《かたがき》さん……私《わたし》たち、もとの世界《せかい》に……帰《かえ》ってきたんでしょうか」

瑠璃《るり》が小《ち》さ《い》くつぶやいた。直実《なおみ》はゆっくりと首《くび》をふる。

「きっとここは――まだだれも知《し》らない、新《あたら》しい世界《せかい》なんです」

その瞬間《しゅんかん》、東《ひがし》の山《やま》の上《うえ》に、朝日《あさひ》が顔《かお》を出《だ》した。

みるみるうちに光《ひかり》が、この1000年《ねん》の古都《こと》を照《て》らしていく。

新《あたら》しい世界《せかい》が――たしかに始《はじ》まったのだ。

エピローグ

『〈うつわ〉と〈精神《せいしん》〉の同調《どうちょう》が必要《ひつよう》だったんです』

どこかで聞《き》いたようなセリフを、どこかで聞《き》いたような声《こえ》がしゃべっていた。

『あなたは、大切《たいせつ》な人《ひと》のために動《うご》いた。あなたの精神《せいしん》はいま、ようやく〈うつわ〉と同調《どうちょう》したんです』

そうだ。この声《こえ》は――この合成音声《ごうせいおんせい》のような女性《じょせい》の声《こえ》は、直実《なおみ》がつけていた〈神の手《グッドデザイン》〉の声《こえ》だ。


ナオミは、目《め》をあけた。

目《め》の前《まえ》にあったのは、白《しろ》い天井《てんじょう》――病院《びょういん》か、あるいは研究室《けんきゅうしつ》のような天井《てんじょう》だった。

自分《じぶん》がベッドに寝《ね》かされているのに気《き》づく。体《からだ》が重《おも》い。

視線《しせん》をめぐらせると、ベッドのそばにだれかが立《た》っていた。

こちらに背《せ》を向《む》けて、ベストのようなものを脱《ぬ》ごうとしている。それには見覚《みおぼ》えがある気《き》がした。そうだ、あれは、自分《じぶん》が〈アルタラ〉の中《なか》へ入《はい》りこむために作《つく》ったダイブベスト。だが、配《はい》線《せん》がむきだしでいかにも手作《てづく》りめいていたそれとはちがい、彼女《かのじょ》のそれはずっと洗練《せんれん》されていた。そう。その人物《じんぶつ》は女性《じょせい》だった。長《なが》い黒髪《くろかみ》。ほっそりとした体《からだ》の線《せん》。白衣《はくい》を着《き》ている。

「堅書《かたがき》さん」

彼女《かのじょ》は、ふりかえった。

30代半《だいなか》ばぐらいの美《うつく》しい女性《じょせい》。その左目《ひだりめ》の下《した》に——見覚《みおぼ》えのあるほくろ。

「やってやりました」

両《りょう》の目《め》から涙《なみだ》を流《なが》しながら、彼女《かのじょ》はナオミに飛《と》びついてきた。


その瞬間《しゅんかん》、彼《かれ》はすべてを理解《りかい》した。

右手《みぎて》の壁《かべ》には大《おお》きな窓《まど》があり、その向《む》こうには、無数《むすう》のクレーターにおおわれた銀色《ぎんいろ》の荒野《こうや》が広《ひろ》がっていた。

それを見下《みお》ろすようにかがやいているのは、青《あお》い地球《ちきゅう》。

ここは、はるか未来《みらい》の月面《げつめん》の都市《とし》。

そして彼女《かのじょ》こそが、あのカラスに姿《すがた》を変《か》えて、すべてを見守《みまも》っていた神《かみ》さま。

この世界《せかい》のナオミと彼女《かのじょ》が、どういう人生《じんせい》をたどったのかはわからない。

はっきりしているのは、ナオミがやろうとしたように、彼女《かのじょ》もまた、ナオミを救《すく》うために戦《たたか》ったのだということ。

そして、ふたりの人生《じんせい》が、ようやくここから始《はじ》まるということだ。

ナオミは、やせ細《ほそ》った腕《うで》で、彼《かれ》の神《かみ》さまをだきしめた。

おわり

この本は映画『HELLO WORLD』（2019年9月20日公開）をもとにノベライズしたものです。

集英社みらい文庫

HELLO WORLD《ハロー・ワールド》

映画《えいが》ノベライズ　みらい文庫版《ぶんこばん》

映画《えいが》「HELLO WORLD《ハロー・ワールド》」　原作
松田朱夏《まつだしゅか》　著

ファンレターのあて先
〒101-8050　東京都千代田区一ツ橋2-5-10　集英社みらい文庫編集部
いただいたお便りは編集部から先生におわたしいたします。

2019年8月28日　第1刷発行

発行者　北畠輝幸
発行所　株式会社 集英社
〒101-8050　東京都千代田区一ツ橋2-5-10
電話　編集部 03-3230-6246
読者係 03-3230-6080
販売部 03-3230-6393（書店専用）
http://miraibunko.jp
装　丁　前川真吾（バナナグローブスタジオ）　中島由佳理
印　刷　図書印刷株式会社　凸版印刷株式会社
製　本　図書印刷株式会社

★この作品はフィクションです。実在の人物・団体・事件などにはいっさい関係ありません。
ISBN978-4-08-321524-7　C8293　N.D.C.913　198P　18cm

の超《ちょう》人《にん》気《き》シリーズ
新章《しんしょう》スタート!
中学生《ちゅうがくせい》になり、陸上部《りくじょうぶ》に入《はい》った大翔《ひろと》。
とつぜん異常《いじょう》な様子《ようす》の先輩《せんぱい》が、
人間《にんげん》ばなれした力《ちから》で襲《おそ》いかかってきて…!?
怖《こわ》さ倍増《ばいぞう》! この巻《かん》からでも読《よ》める、
中学生編《ちゅうがくせいへん》スタート!
新章《しんしょう》
中学生編《ちゅうがくせいへん》
絶望
鬼ごっこ
あやつられた
地獄中学校
針とら・作
みもり・絵
絶望《ぜつぼう》鬼《おに》ごっこ
あやつられた地獄中学校《じごくちゅうがっこう》
針《はり》とら・作《さく》
みもり・絵《え》

集英社みらい文庫
累《るい》計《けい》58万《まん》部《ぶ》突《とっ》破《ぱ》
小学生編《しょうがくせいへん》
絶望鬼ごっこ
圧倒的支持《あっとうてきしじ》の「絶鬼《ぜつおに》」シリーズ
第《だい》①弾《だん》～第《だい》⑪弾《だん》、続々重版《ぞくぞくじゅうはん》！

だれが最《さい》後《ご》まで
集英社みらい文庫
自分に負けるな! サバイバル運動会
大久保開 作 北野詠一 絵
生き残りゲーム ラストサバイバル
第《だい》7弾《だん》
自分《じぶん》に負《ま》けるな!
サバイバル運動会《うんどうかい》
好評発売中《こうひょうはつばいちゅう》!!
生《い》き残《のこ》りゲーム
ラストサバイバル
大久保開《おおくぼひらく》 作《さく》 北野詠一《きたのえいいち》 絵《え》

集英社みらい文庫
夜野せせり・作
森乃なっぱ・絵
渚《なぎさ》くんをお兄《にい》ちゃんとは呼《よ》ばない
～つきあえなくても好《す》き～
同居《どうきょ》×初恋《はつこい》ストーリー最新刊《さいしんかん》！
恋《こい》のライバルとのダブルデート!?

『渚《なぎさ》くん』ってこんなお話《はなし》

あたし、鳴沢《なるさわ》千歌《ちか》。
小学《しょうがく》5年生《ねんせい》。
パパの再婚《さいこん》で、
きょうだいができることに。

だけどそのきょうだいは
学校《がっこう》1のモテ男子《だんし》・
渚《なぎさ》くんだった！
いっしょに暮《く》らすうちに
渚《なぎさ》くんを好《す》きになってしまったの！

だれにもヒミツの片思《かたおも》い。
好《す》きな気持《きも》ちは
止《と》まらなくて…!?

渚《なぎさ》くんにときめく
女子《じょし》続出《ぞくしゅつ》です！

1〜5巻《かん》も大重版《だいじゅうはん》！

「みらい文庫《ぶんこ》」読者《どくしゃ》のみなさんへ

言葉《ことば》を学《まな》ぶ、感性《かんせい》を磨《みが》く、創造力《そうぞうりょく》を育《はぐく》む……、読書《どくしょ》は「人間力《にんげんりょく》」を高《たか》めるために欠《か》かせません。たった一枚《いちまい》のページをめくる向《む》こう側《がわ》に、未知《みち》の世界《せかい》、ドキドキのみらいが無限《むげん》に広《ひろ》がっている。これこそが「本《ほん》」だけが持《も》っているパワーです。

学校《がっこう》の朝《あさ》の読書《どくしょ》に、休《やす》み時間《じかん》に、放課後《ほうかご》に……。いつでも、どこでも、すぐに続《つづ》きを読《よ》みたくなるような、魅力《みりょく》に溢《あふ》れる本《ほん》をたくさん揃《そろ》えていきたい。読書《どくしょ》がくれる、心《こころ》がきらきらしたり胸《むね》がきゅんとする瞬間《しゅんかん》を体験《たいけん》してほしい、楽《たの》しんでほしい。みらいの日本《にほん》、そして世界《せかい》を担《にな》うみなさんが、やがて大人《おとな》になった時《とき》、「読書《どくしょ》の魅力《みりょく》を初《はじ》めて知《し》った本《ほん》」「自分《じぶん》のおこづかいで初《はじ》めて買《か》った一冊《いっさつ》」と思《おも》い出《だ》してくれるような作品《さくひん》を一所懸命《いっしょけんめい》、大切《たいせつ》に創《つく》っていきたい。

そんないっぱいの想《おも》いを込《こ》めながら、作家《さっか》の先生方《せんせいがた》と一緒《いっしょ》に、私《わたし》たちは素敵《すてき》な本作《ほんづく》りを続《つづ》けていきます。「みらい文庫《ぶんこ》」は、無限《むげん》の宇宙《うちゅう》に浮《う》かぶ星《ほし》のように、夢《ゆめ》をたたえ輝《かがや》きながら、次々《つぎつぎ》と新《あたら》しく生《う》まれ続《つづ》けます。

本《ほん》を持《も》つ、その手《て》の中《なか》に、ドキドキするみらい――。

本《ほん》の宇宙《うちゅう》から、自分《じぶん》だけの健《すこ》やかな空想力《くうそうりょく》を育《そだ》て、〝みらいの星《ほし》〟をたくさん見《み》つけてください。

そして、大切《たいせつ》なこと、大切《たいせつ》な人《ひと》をきちんと守《まも》る、強《つよ》くて、やさしい大人《おとな》になってくれることを心《こころ》から願《ねが》っています。

2011年《ねん》　春《はる》

集英社《しゅうえいしゃ》みらい文庫編集部《ぶんこへんしゅうぶ》